KB113787

불사의 테스터 8

기로 퓨전 판타지 소설

초판 1쇄 찍은 날 § 2017년 6월 21일
초판 1쇄 펴낸 날 § 2017년 6월 28일

지은이 § 기로
펴낸이 § 서경석

편집책임 § 김슬기

펴낸곳 § 도서출판 청어람
등록번호 § 제387-1999-000006호
등록일자 § 1999. 5. 31
어람번호 § 제1-2719호

주소 § 경기도 부천시 부일로 483번길 40 서경B/D 3F (우) 14640
전화 § 032-656-4452 팩스 § 032-656-4453
http://www.chungeoram.com
E-mail § chungeorambook@daum.net

ⓒ 기로, 2016

ISBN 979-11-04-91379-2 04810
ISBN 979-11-04-91108-8 (세트)

FUSION FANTASTIC STORY

8

기로 퓨전 판타지 소설

불사의 테스터

도서출판
청어
람

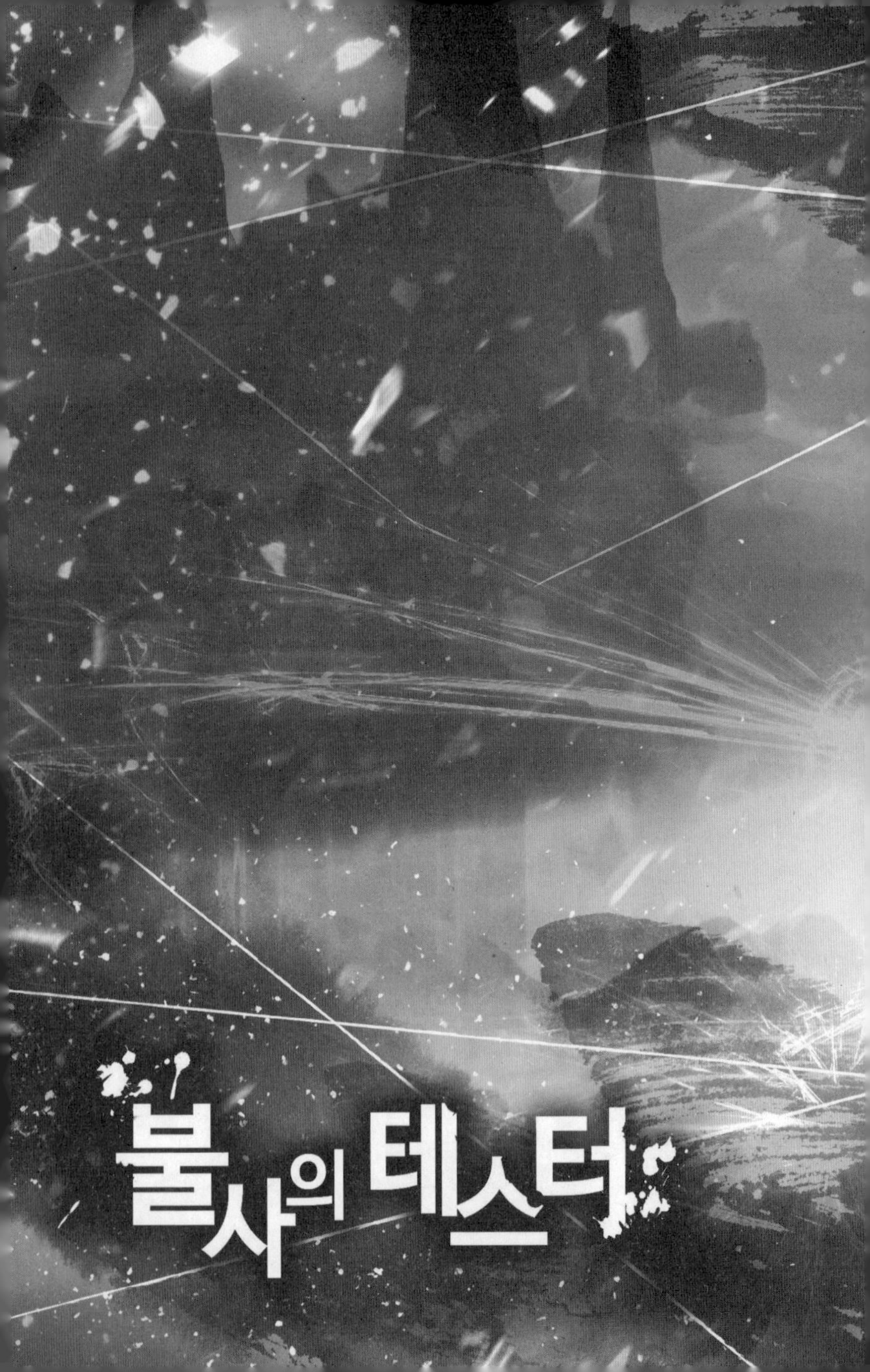
불사의 테스터

CONTENTS

제1장
어둠 강림 II

"얀센 님, 보고드립니다!"

온몸에 강철 무구를 두른 한 사내가 전장의 막사로 찾아와 다급히 얀센을 찾았다.

한시가 급한 모양인지 무토를 거치지도 않은 듯 그 사내의 뒤를 따라 무토가 따라 들어왔다.

"무토, 무슨 일입니까."

얀센은 이런 소란이 마음에 들지 않았는지 거친 목소리로 물었다. 그런 얀센의 목소리에 무토는 식은땀을 흘리며 변명하기 시작했다.

"죄… 죄송합니다. 사안이 급하다며 억지로 들어오는 바람에… 이런 일 없도록 하겠습니다."

무토는 얀센에게 머리를 조아렸고 얀센은 그저 흥미롭다는 듯 사내를 보며 말했다.

"마르코, 말해보세요. 뭐가 그리 급한 일이기에 이런 식으로 보고 체계를 무시하는지 궁금하군요. 만약 시답잖은 일이라면… 각오하셔야 할 겁니다."

무토를 무시하며 들어온 사내는 얀센도 잘 알고 있는 듯한 눈치였다. 모를 수가 없는 게 그는 지금의 무토 자리를 호시탐탐 노리고 있는 차기 권력자이기 때문이었다.

사내는 얀센의 눈에 한 번이라도 더 띄고 싶어서였는지 무토를 무시하며 직접 보고를 하기 원한 것이다.

하지만 그런 사실과는 관계없이 마르코란 사내는 근엄한 표정으로 보고를 시작했다.

"로펠로의 위치가 드러났습니다. 현재 위치는 테마탄이라는 급보입니다."

마르코는 자신 있는 듯 보고했지만 얀센은 그런 마르코의 보고가 마음에 들지 않는지 차분히 화를 눌러 앉히며 말했다.

"겨우… 그런 걸 보고 하기 위해 이런 소란을 피운 것입니까? 그게 끝인가요?

강철 투구 사이로 드러나는 얀센의 표독스러운 눈빛을 마주한 마르코의 뺨으로 땀 한 방울이 떨어졌지만 그는 그런 걸 느끼지도 못하고 계속해서 말을 이었다.

"아… 아닙니다. 더 중요한 것은 로펠로를 향해 콴이 비수를 날린 것 같습니다."

"…흥미롭군요. 말해봐요. 자세히."

마르코의 말에 얀센이 흥미를 가지기 시작했고 마르코는 그런 얀센의 태도에 안도의 숨을 얕게 내쉬며 이야기를 잇기 시작했다.

"얼마 전 거점 테마탄에서 습격 사건이 일어났습니다. 방법은 일전에 중립 거점 텔로시를 습격했던 것과 같은 방식입니다."

"차림의 뿔피리?"

"예, 그렇습니다. 제가 알아본 바로는 콴의 세력이 로펠로를 직접 노린 것 같습니다. 로펠로가 거점에 입성한 바로 그날 습격이 이루어졌다고 합니다."

거기까지 보고를 들은 얀센은 끓어오르는 분노를 참을 수 없는지 앞에 놓인 테이블을 그대로 박살 냈다. 평소의 우아한 모습과는 전혀 다른 얀센의 모습이었다.

"후우… 콴이 직접 로펠로를 습격했다? 우리와 대치하고 있는 지금 이 상황에도?"

"그… 그렇습니다. 게다가 본진에 있는 콴이 별동대를 이

끌고 직접 테마탄으로 향했다는 보고입니다."

"오호… 직접 움직였다? 그 콴이 말이지요? 이 전투는 눈에 차지도 않는다 이건가요? 건방지기 짝이 없군요."

얀셴은 그렇게 말하고는 뭔가 생각에 빠진 듯 아무런 대꾸가 없었다. 갑작스레 찾아온 침묵에 무토와 마르코는 긴장하기 시작했고 잠시 후 얀셴이 화를 누그러뜨렸는지 차분한 어조로 마르코에게 물었다.

"그런데… 이해가 되지 않는군요. 어째서죠?"

"네? 무엇이 말입니까?"

"아무리 생각해도 이해가 되지 않아요. 콴이 로펠로를 노릴 이유가 없습니다. 이전에 특별히 원한을 산 것도 아닌데 로펠로를 습격하다니요. 이건 좀 납득이 가지 않는데요? 더군다나 저와 대치하고 있는 이런 상황에 말입니다. 확실한 정보 맞습니까?"

얀셴은 정보의 정확도에 관해 물었고 마르코는 정보는 틀림없다는 걸 자신하듯 말했다.

"믿을 만한 정보원에게서 얻은 확실한 정보입니다. 믿으셔도 됩니다."

"흐음, 뭔가 이상한 느낌을 지울 수 없군요. 혹… 누락된 정보는 없습니까? 아주 작은 단서라도 좋습니다. 모든 보고 사항을 말해보세요."

"예? 아, 실은 이건 정확한 정보는 아니라 말씀드리지 않았는데 테마탄에서 얀센 님이 영입하라고 하셨던 치호라는 테스터의 일행이 발견된 것 같습니다. 그런데 어째서인지 테마탄 습격 사건이 있던 날 이후로 모습을 감추어 확인하지는 못했다고 합니다."

"치호? '영광의 기록서'에 등재된 자들로만 이루어진 사냥 그룹을 말하는 거군요?"

"네, 그렇습니다."

마르코의 보고에 얀센은 재미있다는 듯한 태도로 의자의 팔걸이 부근을 손가락으로 톡톡 치며 생각을 정리하기 시작했다.

"즉, 콴이 로펠로를 습격했고 그 거점에서 치호 일행이 발견되었다. 하지만 습격 이후 치호 일행이 목격되었다는 정보는 없으나 콴이 테마탄을 향해 비밀리에 움직이고 있다? 이겁니까?"

"옙! 그렇습니다. 그래서 드리는 말씀입니다만… 어쩌면 절호의 기회일지도 모릅니다."

"무슨 뜻이죠?"

마르코는 목소리를 낮추어 얀센에게 속삭이듯 말했다.

"콴이 로펠로를 치기 위해 직접 움직인다면 저희는 그 둘이 싸우는 것을 기다렸다가 누가 승리하든 힘이 빠진 녀석들을 치는 것입니다. 그러면 필드의 패권은 얀센 님의 것이

될 것입니다."

"호오… 재미있군요. 아주 재미있어요. 세력을 키우고 있는 루바란 녀석들이 거슬리긴 하지만 흥미로운 이야기군요."

얀센은 마르코의 의견을 재미있다는 듯 받았지만, 곁에 있던 무토는 그런 얀센을 말렸다.

"얀센 님, 너무 위험합니다. 그곳은 적진 한가운데입니다. 그런 곳에 들어가는 것은 너무 위험한 선택입니다. 차라리 콴이 부재한 이 시기를 틈타 이대로 밀고 올라가는 게 안전할 것입니다."

무토의 말도 일리가 있었지만 잠시 고민하던 얀센은 고개를 가로저었다.

"아닙니다. 이번에는 마르코의 의견을 따라봅시다. 큰 걸 얻으려면 그만한 위험은 감수해야 하는 법, 괜한 테스터들의 피를 흘릴 필요 없이 이번에 잘만 하면 지루한 전쟁을 끝낼 수 있겠군요."

"하… 하지만 얀센 님, 너무 위험합니다!"

"아니에요. 더 이상의 반론은 듣지 않겠습니다. 마르코, 별동대를 꾸리세요. 숫자는 최정예 100명, 제 움직임을 따를 수 있는 자로 모으세요. 무토 역시 마르코를 도와주세요. 긴 전쟁을 끝낼 찬스가 온 것 같군요. 내일 날이 밝으면 바로 출발합니다."

"옙! 알겠습니다."

얀센의 단호한 말에 두 사람이 힘차게 대답했다. 얀센이 출정하기로 한 이상 더 이상 반론은 필요 없기 때문이다.

무토는 걱정되긴 하지만 그 이상으로 얀센을 믿기에 두말하지 않고 그 결정을 따르려는 것이다.

무토와 마르코는 서둘러 막사를 빠져나갔고, 혼자 남은 얀센은 그런 두 사람의 뒷모습을 보며 나지막하게 중얼거렸다.

"드디어… 이 긴 싸움의 종지부를 찍을 수도 있겠군요."

적진 한가운데로 가는 위험한 작전이었지만 얀센은 걱정은커녕 긴 전쟁을 끝낼 수 있을 거라는 희망에 불타오르는 것만 같았다.

*   *   *

"으… 으음. 쿨럭."

약향이 자욱한 방 안에 나지막한 신음이 고요를 깨기 시작했다. 방 안은 정갈하게 정리되어 있었고 간단한 테이블 하나와 침대가 전부였지만 곁에는 각종 약재를 사용해 향을 냈는지 약향이 방 안에 가득했다.

그런 방 안의 고요를 깬 신음의 주인공은 치호였다.

전장에서 정신을 잃고 다시금 깨어보니 이 낯선 공간에 눕혀져 있는 것이다.

"여… 여기는?"

치호는 낯선 공간에 당황해 얼른 몸을 일으키려 했지만 몸이 제대로 움직이지 않았다. 치호는 그런 몸 상태를 살피며 미간이 절로 찌푸려지기 시작했다.

'대체 시간이 얼마나 지난 거지?'

자신의 몸 상태로 보아 시간이 꽤나 지난 것 같았다. 오랜 시간 누워 있었기 때문인지 안 아픈 곳을 찾기가 힘들었고 더욱이 근육은 쪼그라들었는지 컨디션이 최악인 상태로 눈을 뜬 것이다.

'차라리 목숨을 끊었던 편이 회복엔 더 좋았을지도 모르겠군. 제길… 대체 이게 무슨 일이야.'

힘을 많이 사용해서 정신을 잃었더라도 근육이 쪼그라들고 이 정도 컨디션이 될 동안 정신을 차리지 못할 거라고는 생각하지 못했다. 하지만 전장에서 급격하게 힘을 사용했던 반동이 컸던 이유 때문인지 오랜 시간이 지난 것 같았다.

'그나저나… 침술?'

치호는 자신의 몸에 꽂혀 있는 수십 개의 침이 눈에 띄었다. 침의 길이와 재질은 다양했지만 시침된 위치도 제대로 꽂혀 있고 깊이도 치호가 확인했을 때 괜찮은 것 같았다.

'침술이라… 실력이 보통은 아닌데? 깊이도 괜찮고 이런 실력을 갖춘 사람이 누가 있지?'

치호는 침술에도 일가견이 있었기에 자신의 몸에 꽂힌 침들이 해로운 침은 아니라는 걸 금방 알 수 있었다.

전반적으로 기운을 보하고 오랜 시간 누워 있는 자신의 근육을 풀어주기 위한 가벼운 침들로 보였다.

"쿨럭."

거칠게 기침을 하면서도 치호는 전장에서의 기억을 떠올려 보기 시작했다.

후반부 기억이 완전하지 않고 뒤죽박죽이었기에 기억을 정리해 보려는 것이다.

'그때 그런 방심을 해서 알란에게 당하다니… 아직 멀었군. 그런데 그 이후 누군가가 나 대신 나선 것 같은데 누구였지?'

한참을 생각하던 치호는 뭔가 서서히 떠오르는지 인상이 험악하게 굳어지기 시작했다.

전투의 후반부 기억이 생생하게 떠오르기 시작한 것이다.

"이 망할 자식이… 그딴 짓을 꾸며? 그럼 내가 이렇게 오래 누워 있던 것도?"

몸을 대신 차지한 녀석이 누구인 줄 아는 모양인지 치호가 상황 파악을 하기 시작했다.

어쩌면 자신이 이렇게 오래 깨어나지 못한 것도 녀석의 수작인 것 같았다. 아니, 틀림없다. 녀석이라면 자신이 원하는 걸 얻기 위해 무슨 짓이든 할 녀석이기 때문이다.

'제일 골치 아픈 녀석이 깨어났을 줄은… 미치겠군. 이건 정말 곤란한데… 어떻게 잠재운 녀석인데. 제길.'

치호가 전장의 기억과 녀석에 대한 기억을 떠올릴 때 방문이 열리는 소리가 들렸다. 아무래도 다 타버린 약초를 바꾸기 위해 왔는지 손에는 약초 더미가 한가득이었다.

"아… 아저씨?"

방문을 열고 들어온 여자는 메이였다. 메이가 정신이 깨어난 치호를 제일 먼저 발견한 것이다.

"아저씨! 정신이 든 거예요? 정말이에요? 이거 꿈 아니죠, 그렇죠? 어서 대답해 봐요. 네?"

메이는 호들갑을 떨며 치호 곁에 주저앉아 연신 치호를 흔들기 시작했고 치호는 그런 메이의 태도에 피식 웃으며 말했다.

"그래, 꿈 아니니까 걱정하지 마."

"아 정말… 걱정했단 말이에요!"

메이의 눈에는 눈물이 그렁그렁했지만 치호는 이런 분위기는 딱 질색이라 얼른 화제를 돌렸다.

"잔소리 말고, 시간이 좀 지난 것 같은데… 내가 얼마나 누워 있었지?"

"네? 한 달쯤 됐어요. 그동안 아저씨가 깨어나지 않아서 얼마나 걱정했는 줄 알아요? 잠깐만… 잠깐만요. 대진 아저씨랑 미소 언니 데리고 올게요."

"어? 자… 잠깐."

메이는 치호의 말을 듣지도 않고 서둘러 밖으로 나갔고 그사이 치호는 몸에 꽂혀 있는 침들을 빼고 스트레칭을 하기 시작했다.

우드드득.

'최악까지는 아니군. 누군지 몰라도 확실히 치료했군. 손실이 그렇게 크진 않아.'

처음 눈을 떴을 때와는 달리 생각보다 몸 상태가 괜찮았다. 아무래도 치료가 완벽했던 것 같았다. 더욱이 자신이 깨어났으니 스스로의 힘으로 조금 더 치료만 하면 얼마 지나지 않아 몸을 완벽한 상태로 만들 수 있을 것 같았다.

잠시 굳은 몸을 풀며 천천히 몸을 움직일 때 메이가 일행을 데려오기 시작했다. 근처에 있었는지 시간이 얼마 걸리지도 않은 것 같았다.

"치호, 일어난 거야? 몸은 어때, 괜찮아?"

"아저씨! 이젠 괜찮은 거죠? 전 믿고 있었어요. 정말……."

"아, 괜찮아. 그러니까 그렇게 호들갑 떨지 마."

치호는 어쩐지 다른 사람이 자신을 걱정해 주자 몸에 두드러기가 날 것만 같은 기분이었다. 오랜 시간 자신의 몸 상태에 관해 걱정하는 대화를 해본 적 없기에 어떻게 반응해야 할지 몰라 어색했기 때문이다.

그런 부담스러운 분위기가 싫었는지 치호는 재빨리 자신이 정신을 잃고 난 후의 일을 묻기 시작했다.

"그런데 대체 어떻게 된 거야?"

"아, 상황이 좀 묘하게 돌아가고 있어."

"묘하게 돌아간다고?"

대진의 말에 치호는 귀를 쫑긋 세우고 집중하기 시작했다. 그러자 대진도 차분히 지난 한 달간의 일을 요약해서 말해주기 시작했다.

"이게 말이야. 테마탄의 테스터들이 너를 신봉하고 나서기 시작했어. 그리고 그런 분위기는 점점 로펠로 세력 내에 전부 퍼지는 것 같더라고."

"뭐? 날 신봉해? 미친… 설마?"

"그래, 전투에서 네가 인상적이었는지 어땠는지 정확하게는 모르겠지만 로펠로가 갑자기 널 추대하기 시작했단 말이지."

"로펠로가?"

치호는 대진의 말에 머리가 지끈지끈 아파오는 것만 같았다. 자신의 몸을 차지했던 녀석은 아마 이런 상황이 벌어질 것이란 것을 예측하고 일부러 화려하게 괴물들을 처리한 것이 틀림없었다.

만약 치호였다면 그런 식으로 일을 진행하지 않았을 것이다. 차라리 악몽들을 불러내 테스터들에게 도움을 줬으면 줬지, 이런 식으로 일을 진행하는 건 치호 스타일이 아니기 때문이다.

'이 자식… 화려하게도 일을 벌여놨군.'

치호가 가장 경계했던 녀석이 자신의 몸을 차지하자마자 일이 꼬이기 시작했다. 그간 치호가 특별히 녀석을 잠재우는 데 힘쓴 이유는 이런 일이 있을 것 같았기 때문이다.

녀석은 자신과 목적이 같으면서도 진행 방식은 전혀 달랐기에 경계한 것이다. 특히나 녀석은 다른 녀석들보다도 치호 자신과 가장 근접한 녀석이기에 제일 위험한 녀석이기도 했다.

"사실 우리가 이렇게 같이 있는 것도 말이지… 돌아다니기가 껄끄러워서 그런 거야."

"그건 또 무슨 소리야?"

"실은 거점을 돌아다니면 우리한테 어둠의 사제니 뭐니 하면서 테스터들이 몰려드는 통에 돌아다닐 수가 없어."

"맞아요. 변장하고 밖으로 나가도 사람들이 알아보니… 에휴, 그래도 아저씨가 깨어나서 다행이에요."

치호는 대진과 미소 두 사람의 이야기를 듣고서 고개를 끄덕였다. 그러고는 자신의 장비를 천천히 착용하며 몸을 점검하기 시작했다.

"대진, 미소. 로펠로를 데리고 와. 그리고 그때 로브 쓴 녀석들도 함께."

"어? 벌써 움직이려고? 좀 더 쉬어야 하는 거 아니야? 무리해서 움직일 필요 없잖아. 이왕 이렇게 된 거 여기서 몸을 좀 추스르는 게 어때?"

"아니야. 내 몸은 내가 더 잘 알아. 쉬는 것보다 움직이는 편이 빨리 회복된다."

"아니… 그렇게 억지 부린다고 될 일이 아니잖아. 한 달만에 겨우 깨어났으면서 무슨 고집이야?"

대진 역시 티를 많이 내지는 않았지만 치호가 쓰러져 있을 때 걱정을 많이 했는지 좀 쉬라고 강하게 주장했다.

치호는 대진의 그런 마음을 알지만 더 이상 이곳에 머무를 수가 없었다. 여기서 더 길게 머물면 녀석의 뜻대로 로펠로의 세력을 등에 업어야 하는 골치 아픈 상황이 올지 모르기 때문이다.

"부탁한다."

"하… 거참. 알았어. 하지만 내가 볼 때 문제 있어 보이면 바로 쉬는 거야, 알았지?"

"그래."

대진은 결국 치호의 고집을 꺾지 못하고 미소와 함께 로펠로들을 부르러 갔다.

방 안에는 메이와 치호만 남아 있었고, 치호는 그런 메이에게 조심스레 얘기했다.

"알란은… 미안하게 됐다."

알란은 메이와 혈연관계였던 것 같은데 자신의 손으로 알란의 숨통을 끊었기에 메이에게 사과를 하는 것이었다.

하지만 메이는 그런 치호에게 고개를 저으며 말했다.

"아니에요. 오히려 고마워요. 아저씨."

"그래도……."

치호가 다시 한번 사과하려고 했지만, 메이는 그런 치호의 말을 가로막으며 말을 이었다.

"녀석과 싸울 때… 그 스킬 보셨죠?"

"그… 포식인가 하는 그 스킬 말인가?"

"네, 맞아요. 그 스킬이 제가 첫 번째 필드에서 발견한 힘이에요. 그걸 녀석과 함께 발견했고, 그 힘을 발견했을 때부터 녀석은 변했어요."

메이는 알란과의 이야기를 힘겹게 털어놓으려는 것 같았다. 치호의 마음을 가볍게 해주기 위해서인지 몰라도 애써 옛 기억을 떠올리는 것이다.

"그 스킬은 상대방의 스킬… 아니, 힘을 흡수해서 자신의 것으로 만드는 스킬이에요. 그리고 그 스킬의 진짜 모습을 알게 되었을 때 녀석은 이상한 망상을 하기 시작했어요."

"이상한 망상?"

"네. 신이 되겠다는 망상 말이에요. 언젠가 이 세계를 만든 녀석을 찾아 그 신의 힘을 흡수하고 자신이 신이 되겠다는 그런 헛된 망상 말이죠."

"하… 그런 생각을 하고 있었다니."

치호는 알란이 말했던 계획이라는 것이 이렇게 어처구니없는 것일 줄 상상도 못 했다.

하지만 알란은 주변에서 뭐라고 하든 그 계획을 실현하기 위해 일직선으로 달려간 것 같았다. 전투하면서 느낀 것이지만 녀석은 스킬만 믿고 날뛰는 녀석이 아니었다. 녀석은 그 목적을 이루기 위해 스킬뿐만 아니라 신체 단련도 빠지지 않고 한 게 틀림없었다.

알란은 진심으로 신이 되는 게 가능하리라 생각하고 온 힘을 다해 목적을 향해 나아간 녀석인 것이다.

만약 녀석에게 나아갈 방향을 제시해 줄 스승이나 멘토가 있었다면 잘못된 방향을 선택하지 않았을 텐데 하는 생각이 들었다.

"아쉽군… 아쉬워. 그런데 녀석은 그런 힘을 얻어서 무얼 하겠다고 신이 되고 싶다고 한 거지? 그 정도 힘을 가졌다면 적당한 필드에서 남부럽지 않게 살 수 있었을 텐데 말이야."

"후우… 알란은 신의 힘을 얻는다면 이 세계에 있는 모든 테스터들을 죽여서 정화한다고 했어요. 한 사람도 남김없이 모조리 죽여서 깨끗하게 청소하고 자신만의 세상을 다시 만든다고……."

거기까지 말한 메이는 계속해서 말을 잇기가 힘들었는지 목소리가 많이 떨리고 있었다.

알란에 대해 생각하자 수많은 감정이 스쳐 지나가 힘든 것 같은 모습이었다.

치호는 그런 메이의 머리를 쓰다듬으며 말했다.

"됐다. 그만하면 충분해."

치호의 말에 메이는 지금이라도 떨어질 것 같은 눈물을 애써 삼키며 애써 밝은 척을 하기 시작했다.

"그러니까! 아저씨가 미안해할 것 하나도 없다고요. 알겠죠?"

"그래, 알았다."

메이의 애쓰는 모습에 치호 역시도 더 이상 알란에 관해 묻지 않기로 했다.

녀석의 이야기를 자꾸 꺼낼수록 메이가 힘들어질 것이 뻔했기에 그냥 묻어두기로 한 것이다.

'그런데 그런 계획을 가진 녀석이 어째서 콴의 수하로 있던 건지 모르겠군. 콴이라… 녀석에게 뭔가 있는 건가?'

치호는 문득 콴에 관해 궁금증이 들었지만 그런 생각은 오래가지 못했다.

대진과 미소가 로펠로 일행을 데리고 들어오는 기척이 느껴졌기 때문이다.

치호는 서둘러 장비를 완벽하게 갖추고 의연하게 허리를 꼿꼿이 세운 채 로펠로 녀석들을 기다렸다.

그러자 얼마 지나지 않아 방문을 열고 로펠로가 들어와 감격스러운 표정을 지었다.

"어… 어둠이시여. 역시 부활하셨군요."

"부활?"

"역시… 죽음조차 스스로 거부한 진정한 어둠의 모습입니다. 모든 것은 어둠의 뜻대로."

치호는 그런 로펠로의 태도에 미간이 찌푸려질 수밖에 없었다. 로펠로가 일을 복잡하게 만들고 있는 것 같았기 때문이었다.

제2장

난전 Ⅰ

로펠로의 그런 태도를 가만히 보고 있던 치호는 차오르는 짜증을 참아내며 말했다.

"로펠로, 왜 일을 복잡하게 만드는 거지? 어차피 너도 이 세력에는 관심이 없다면서 굳이 이런 식으로 선동할 필요가 없을 텐데? 이유가 뭐야."

치호가 궁금했던 것이 바로 이것이다. 사실 자신의 몸을 차지한 녀석이 무슨 짓을 했건 로펠로가 적당히 수습했다면 그냥 넘어갈 수도 있는 일이었다.

이곳은 별의별 일이 다 일어나는 필드니까.

하지만 로펠로는 그렇게 하지 않고 오히려 테스터들을 선동해 치호를 알리는데 급급한 모습을 보였고, 치호는 그런 로펠로의 행동에 의문이 든 것이다.

그런 치호의 추궁에 로펠로는 고개를 숙이고 말하기 시작했다.

"실은 타 세력 때문입니다."

"타 세력? 다른 세력 이야기가 왜 갑자기 나와?"

뜬금없는 말에 치호가 의문을 표하자 로펠로가 천천히 이야기하기 시작했다.

"실은 전투가 있던 날 이후 타 세력의 움직임이 심상치 않습니다. 이곳 테마탄을 직접 노리려는 듯한 움직임을 보이고 있습니다."

"그래서?"

"하지만 치호 님께서는 깨어나지도 않으시니 섣불리 이동할 수도 없는 상황, 그러니 이런 소문이라도 내서 저희의 단결력을 대외에 어필할 필요가 있었습니다. 기분 상하셨다면 죄송합니다."

"그러니까, 이쪽은 그런 전투가 있었음에도 단결하고 있으니 우리를 건드릴 생각이면 죽음을 각오해야 할 것이다. 이런 식으로 압박을 넣기 위한 수단이었다는 건가?"

치호는 이제 깨어났기에 주변 상황은 잘 알지 못했다. 그

래서 대진과 일행들을 바라보니 저 말이 맞다는 듯 고개를
얕게 끄덕이는 모습을 볼 수 있었다.

"제길."

치호는 입술을 깨물 수밖에 없었다. 저 말이 사실이라면 일이
그가 원치 않는 방향으로 제대로 흘러가고 있었기 때문이다.

"후우… 알았다. 이해할 수밖에 없겠군."

인정하긴 싫었지만 깨어나지 못한 자신 때문에 이런 사달
이 벌어졌다고 하니 따지는 것도 우스운 일이다.

이미 벌어진 일을 가지고 추궁하는 것은 그만두고 앞으로
해야 할 일에 관해 묻는 것이 차라리 나아보였다.

"골치 아프군. 로펠로, 도메로, 아니, 수트람으로 가자. 여
기서 더 지내다간 괜히 일만 꼬이겠어. 그곳으로 가서 일부
터 마치는 게 좋겠어."

"하… 하지만 지금은 그럴 수가 없습니다."

"그건 또 무슨 소리지? 그럴 수가 없다니?"

치호는 예상외의 답변에 다소 어이가 없었지만, 이어지는
로펠로의 말에 미간을 찌푸릴 수밖에 없었다.

"지금 수트람으로 가는 길목이 모두 막혔습니다. 동쪽의
길은 칸의 세력, 우회로는 얀센의 세력이 진을 치고 있는 상
황입니다."

"미치겠군. 여기 네 영역 아니었어? 어떻게 그들이 마음대

로 진을 치고 있는 거지?"

"그렇지 않아도 저희 측 병력이 내일쯤 당도할 것입니다. 병력이 도착하면 직접 녀석들을 처리하고 치호 님을 수트람으로 안내하겠습니다."

"마음에 드는 게 하나도 없군. 알았다. 물러가 봐."

치호의 말에 로펠로 일행은 고개를 숙이고 나갔고 대진이 슬쩍 다가와 치호에게 조심스레 말했다.

"치호, 방금 깨어나서 예민한 건 알겠는데 너무 화내지는 말아. 저들도 나름대로 고생했으니까."

"어? 화? 내가 화를 냈다고?"

"응? 딱 봐도 화난 티 나던데. 너무 급하게 생각하지 말자고. 어차피 주위에 타 세력들이 진을 치고 있어도 서로 눈치 보느라 쉽게 이곳을 공격하진 못할 것 같으니 말이야."

치호는 대진의 말에 알았다는 듯 고개를 끄덕였지만, 사실 대진의 말에 내심 놀라고 있었다.

자신이 인식하지도 못하는 사이에 화를 내고 있던 것이다.

'미치겠군. 하필 이런 시기에 통제가 제대로 안 된다니. 역시 그 자식이 깨어나면 안 되는 거였는데 미치겠군.'

어쩐지 최근 치호의 몸을 장악했던 녀석에게 몸의 주도권을 빼앗긴 이후로 제대로 되는 것이 없다.

어떤 상황에서도 냉정해야 할 자신이 이렇게 흔들리고 있는 걸 보면 녀석이 깨어남에 따라 치호가 눌러놓았던 많은 것들이 터져 나오는 것만 같았다.

"후우."

대진과 일행 역시 밖으로 나가자 방에 혼자 남은 치호는 크게 숨을 내쉬며 명상에 빠져들었다.

현 상황과 자신의 상태를 명확하게 파악하기 위해서였다.

'일단 몸은 괜찮다. 이 정도는 금방 회복 가능한 정도고… 문제는 정신. 이게 골친데.'

문득 자신의 상태를 점검하다가 떠오른 것이 있었다. 일전에 선택해 둔 경험 변환 스킬을 확인한 것이다.

그때 정신 단련을 선택해 두었기에 만약 변환이 완료되어 있으면 어떤 방식으로라도 도움이 되지 않을까 생각한 것이다.

[정신 단련 변환율 100%]
[경험 변환 스킬을 확인해 주세요.]

'좋아.'

그간 많은 일이 있었던지 정신 단련이 경험 변환 완료되어 있었다. 치호는 일말의 기대를 품으며 스킬을 확인하기 시작했다.

사실 치호가 가장 우려하는 것은 감정이 이렇게 날뛰기 시작하면 자신도 모르는 사이에 다른 녀석이 몸을 차지하는 일이 생기기 때문이다. 그렇기에 방금 보인 그런 작은 일에도 과민할 정도의 반응을 보이며 자신의 감정과 정신을 통제하려는 것이다.

'항상 필드에서 이런 식으로 명상을 할 수 있다는 보장도 없으니 쓸 만한 스킬이 있었으면 좋겠는데.'

〈선지자의 깨달음—지속형〉

—내용: 해당 사용자는 이미 정신 단련에 있어 극의에 도달한 자입니다. 이미 정신은 선지자에 달하는 정신력을 가지고 있으나 아이러니하게도 그런 정신 안에 기생하는 존재들이 너무나 많습니다. 이런 불균형적인 상황은 지금껏 단 한 번도 보고된 바 없는 특이한 케이스입니다.

지금 정신을 유지하고 있는 것 자체가 기적으로 불려도 손색없을 만한 것이며 이런 상황에서도 끝까지 자신을 포기하지 않는 그 불굴의 마음에 경의를 표합니다.

이런 정신력을 가진 자에게 스킬을 부여한다는 것 자체가 독선이고 오만일 수 있으나 조금이라도 도움이 되라는 의미에서 스킬을 부여합니다.

—발동 효과: 대상자가 원하지 않는 감정에 휘둘릴 때 메시

지를 통해 경고 메시지를 출력하고 그 감정의 고양감에 비례해 마력 회복력이 높아집니다.

─특수 효과: 상대방의 정신 관련 스킬을 모두 무효화하고 그 힘을 흡수하여 마력으로 치환합니다.

─소모 자원: ─

─숙련도: (0/10)

*해당 스킬은 테스터 황치호의 오리지널 스킬로 등록됩니다.

치호는 새로 획득한 스킬을 보며 고개를 갸웃했다.

특수 효과인 정신 관련 스킬을 무효화하고 그 힘을 마력으로 치환한다는 내용은 쓸 만해 보였지만 발동 효과에 관해 의문이 들었기 때문이다.

'이건 뭐지? 분노했을 때 오히려 더 분노하라는 의미인가?'

오히려 스킬을 사용했을 때 감정을 절제할 수 있는 스킬이었다면 도움이 되었겠지만, 오히려 감정을 더 격발시키라는 듯한 의미의 내용을 도통 이해할 수 없었다.

'감정이 과잉되면 다른 녀석들이 튀어나오는데… 그걸 알고도 이딴 스킬을 준 거냐?'

치호는 스킬 설명에 입술을 깨물 수밖에 없었다. 문득 스킬 때문에 더욱 혼란해지는 자신을 느끼고 대충 눈에 띄는

'주술'을 새롭게 경험치 변환 항목에 설정해 둔 채 꺼버렸다.

[주술 변환률 1%······.]

시야의 한쪽 구석에 변환율이 표기되었지만 애써 신경을 끄고 다시금 명상에 빠져들었다.

괜히 다른 것에 의존하려다가 기분만 상했기 때문이었다.

'역시 믿을 건 나 자신밖에 없군.'

치호는 다시금 눈을 감고 깊은 명상에 빠져들기 시작했지만, 그것도 오래가지 못했다.

밖에서 소란스러운 소리와 긴급한 경보 소리가 울리기 시작했기 때문이다.

"제길··· 짜증 나게."

깊은 명상에 빠져든 지 얼마 되지도 않은 상황에서 다시금 자신을 방해하는 상황에 짜증이 치밀어 올랐지만 차분히 마음을 가라앉혔다.

'이럴 때일수록 차분하게··· 후우.'

크게 심호흡을 하고 잠시 기다리자 대진을 비롯한 메이, 미소가 다급히 방문을 두드리는 소리가 들렸다.

"치호, 큰일 났어!"

"아저씨, 어서 이 거점을 빠져나가요!"

"로펠로, 로펠로는 어쩌죠? 이러다가 이 거점 완전히 박살 나겠어요. 원군이 아직 도착하기 전인데 하필… 녀석들이 쳐들어오다니."

세 사람은 다급한지 치호에게 말했고 치호는 천천히 눈을 뜨며 최대한 차분하게 대꾸하기 시작했다.

"타 세력, 콴이나 얀센이 쳐들어온 건가?"

주위를 수트람으로 가는 길목을 두 세력이 가로막고 있다는 이야기를 들었기에 두 세력 중 하나가 참지 못하고 테마탄을 습격한 것으로 판단되었다.

하지만 대진의 입에서 나온 소리는 전혀 다른 이야기였다.

"그 두 세력이 아니야."

"그럼?"

"여신 교단, 그들이 공격을 시작했다고!"

"여신 교단? 하필… 여기를?"

공교롭게도 여신 교단이 가장 좋지 않을 때 움직이기 시작한 것이다. 더욱이 자신이 있는, 바로 이곳을 습격하는 것도 우연으로 넘기기는 힘들 것 같았다.

"설마… 그들이 나 때문에 이곳을 친 건가?"

"아마 맞는 거 같아. 녀석들이 쳐들어오면서 '신탁의 주인'을 내놓으라는 둥의 소리를 하고 있거든. 일이 꼬여도 단단히 꼬였어."

"아저씨, 그것뿐만이 아니에요. 테마탄이 습격당하자 주변에서 기회만 노리고 있던 두 세력들도 움직이기 시작했어요."

"그래, 차라리 여길 빠져나가자고. 여기 있다가는 고래 싸움에 새우 등 터지게 생겼어."

세 사람은 다급하게 보였고 치호의 표정 역시 구겨지기 시작했다. 로펠로가 치호에 관한 소문을 내서 주변에 몰려든 두 세력을 견제한 것은 좋았지만, 기회만 노리고 있던 '여신교단'에게 좋은 빌미를 준 것 같았다.

더욱이 치호로서는 그들을 탓할 수만은 없는 것이 여신교단 입장에서는 치호가 구금되거나 구속되어 있는 줄 알고 자기들 딴에는 구하러 온 것이다.

신탁의 주인이 자신의 원수와도 같은 죽음 교단의 어둠이니 하는 소리를 믿을 리가 없던 것이다.

오히려 여신 교단을 분열시키려는 저열한 수작으로 느꼈을 것이 틀림없기 때문이다.

상황이 이 정도 되자 치호도 어떻게 행동해야 할지 판단을 내리기가 힘들었다.

그냥 거점을 버리고 소란을 틈타 로펠로와 테마탄으로 향하자니 자신 때문에 이곳 테마탄을 습격한 여신 교단이 걸리고, 반대로 이곳 테마탄에 남자니 여러 세력들 사이에서 전투를 피할 수 없을 것 같았기 때문이다.

치호가 진퇴양난의 상황에 고민하고 있을 때 로펠로가 황급히 들어와 치호를 불렀다.

"어둠이시여, 지금이 기회입니다. 수트람으로 향하는 길을 막고 있던 콴과 얀센 녀석들이 이곳 테마탄으로 몰려들고 있습니다. 그러니 이 기회를 틈타 수트람으로 향하면 될 것 같습니다. 서두르십시오!"

로펠로는 치호가 현재 가장 원하는 것이 수트람으로 가는 것이란 것을 알기에 문제가 일어나자 곧장 상황을 알아보고 바로 치호에게 온 것 같았다.

하지만 그런 로펠로의 태도는 치호의 결정을 내리게 쉽게 만들어주었다.

"로펠로… 이 거점을 버리겠다는 뜻이냐?"

"이런 거점의 테스터들 따위보다 치호 님이 저희에게는 훨씬 중요합니다. 그러니 어서 준비하시고 빠져나가야 합니다."

"아니, 난 남겠다."

"하, 하지만 이곳은 이제……."

로펠로는 테마탄이 틀렸다는 소리를 하고 싶은 모양이었지만 치호의 표정 때문에 말을 삼킨 것 같았다.

"치호, 괜찮겠어? 나도 나 몰라라 하고 도망가는 건 좀 내키지 않아서 상관없지만… 넌 깨어난 지 얼마 되지 않아서 몸 상태가 좋지 않을 텐데?"

"걱정하지 마라. 그리고 너희들은 로펠로를 따라 수트람으로 가 있어. 여긴 내가 정리하고 따라가겠다."

"아저씨! 그게 무슨 섭섭한 소리예요. 이렇게 위험할 때에 안전한 곳으로 가 있으라니 지난번에는 알란 때문에 어쩔 수 없었지만, 이번에는 아니에요. 절대 안 돼요."

"맞아요, 치호 아저씨. 아저씨도 몸이 정상이 아닐 텐데, 그런 아저씨만 두고 갈 수 없어요. 죽어도 함께 죽어요."

그런 세 사람의 말에 치호는 대견한 마음이 들었지만 그런 표정을 감추고 그저 피식 웃을 뿐이었다.

"죽기는 누가 죽어. 아무도 안 죽는다."

치호는 그렇게 말하고는 거칠게 방문을 나섰다.

밖은 벌써 전투 소리가 들리는 것 같았지만 발걸음을 옮기는 치호의 모습은 그 어느 때보다 당당해 보였다.

치호가 머무르던 곳은 거점 테마탄 내에서도 가장 안쪽, 그리고 가장 높은 곳에 위치했는지 밖을 나오자마자 테마탄의 상황이 한눈에 보였다.

테마탄은 일전에 클레이가 난리를 피워놨던 거점의 상황보다 더 최악의 상황으로 달려가고 있었다.

사방에서 시뻘건 불길이 치솟아 오르고 있었고 그것에 더해 고삐가 풀린 듯한 괴물들 역시 날뛰고 있었기 때문이다.

"괴물이라니? 저건 뭐야. 여신 교단이 치고 들어왔다고 하지 않았어? 저 괴물은 어떻게 된 거지?"

치호가 로펠로에게 로펠로는 재빨리 답하기 시작했다.

"아무래도 콴 녀석들이 이쪽의 상황을 간보느라 먼저 보낸 것 같습니다. 치호 님… 늦지 않았습니다. 지금이라도 자리를 피하시는 게 어떻습니까?"

로펠로는 자신에게 죽음을 내릴 유일한 치호가 어떻게 되는 건 원치 않는 듯 노심초사하는 모습이었다.

그도 그럴 만한 게 로펠로 역시 오랜 시간을 기다려 온 존재기에 치호는 그런 로펠로를 나무라지 않았다. 어쩌면 가장 로펠로를 잘 이해할 수 있는 것이 치호였기에 그를 탓하지 않는 것이다.

"로펠로, 이 거점의 테스터들은 네가 원하진 않았더라도 결국 나 때문에 모인 것이나 마찬가지다. 그들을 버리고 갈 수는 없다. 내가 네게 죽음을 내린다고 해도 그건 이 소요 사태가 끝난 후가 될 것이야."

치호가 단호하게 말하자 로펠로는 그저 허리를 숙여 보일 뿐이었다. 그러고는 잠시 물러서서 로브인들에게 무어라 명령을 하는 듯싶더니 로브인들이 사방으로 갈라져 전장에 합류하려는 것 같았다. 그들도 본격적으로 전투에 나서려는 듯한 모양새였다.

"치호 님, 그렇다면 이 테마탄… 무슨 일이 있어도 지켜내겠습니다. 다만 그 후엔… 반드시!"

"알았다. 그리고 전투 시 여신 교단과는 적대하지 말고 최대한 시간을 끌어. 내가 여신 교단 측을 설득하지. 거점에 들어오는 다른 세력들부터 견제하도록 해. 알겠나?"

"후우… 최대한 노력하겠습니다."

치호가 로펠로에게 내린 까다로운 명령에 로펠로는 난색을 표했지만 어쩔 수 없이 고개를 끄덕였다.

사실 그간의 해묵은 감정을 생각하자면 여신 교단을 내버려 두는건 힘들 것 같지만 치호의 명령이기에 대꾸하지 않고 따르는 것이다.

로펠로가 전장을 향해 달려 나가기 시작했고 일련의 상황을 지켜보던 일행이 다가와 물었다.

"치호, 우린 어쩌지? 저 여신 교단을 적대해도 괜찮은 거야? 나는 여신 교단 녀석들을 공격하자면 못 할 것도 없지만… 그래도 우리가 신세 진 게 좀 있잖아?"

"동시에 세 세력을 상대하는 건 무리다. 일단 여신 교단을 설득해야 해. 녀석들의 수뇌부로 단숨에 치고 들어간다."

"하지만 괜찮겠어? 너무 무리하지 마. 우리가 어느 정도 길을 터줄 순 있겠지만… 그것도 한계가 있어. 그리고 네 몸 상태도 정상이 아니잖아."

대진은 냉정하게 상황을 파악하며 치호의 상태가 상태이

니만큼 무리라고 판단한 것 같았다.

하지만 치호는 그런 대진의 어깨에 손을 올리며 말했다.

"시간만 벌어주고 빠져. 나머지는 내가 직접 돌파한다. 내 몸은 걱정하지 말고, 생각보다 그렇게 나약하지 않으니까."

"이거 미치겠군. 진짜."

대진은 치호의 말에 걱정스러운 표정으로 메이와 미소를 돌아보았다. 두 사람 모두 치호와 대진의 말에 집중하고 있었기에 걱정스러운 표정을 짓고 있었다.

그럼에도 치호는 작전을 강행하려고 하는 것이다.

"그럼 위험할 것 같으면 무조건 빠지는 거야. 알겠지?"

"그건 내가 알아서 할 테니까 서둘러! 시간이 없어."

치호는 말이 끝남과 동시에 여신 교단의 진영 쪽으로 단숨에 달려 나갔다.

테마탄의 상황을 내려다보고 있었기에 대충 여신 교단의 수뇌부가 있는 곳을 예측하고 달려 나간 것이다.

그런 치호를 세 사람은 말없이 따라나섰다. 하지만 세 사람의 표정은 그 어느 때보다 각오를 굳힌 듯한 모습이었다.

"물러서지 마라! 어둠이 깨어나실 때까지 무조건 버틴다!"

"이 미친 여신 교단 놈들은 어째서 죽여도 죽여도 계속 나오는 거야! 이 바퀴벌레 같은 놈들!"

"한 번 졌으면 닥치고 찌그러져 있을 것이지, 하필 이런 때를 노려 공격하다니! 여신 교단이란 놈들이 비열한 짓은 다 하는구나! 여신이 울겠다 이 자식들아!"

테마탄의 테스터들, 즉 죽음 교단의 신도들은 밀려드는 공세에 악다구니를 쓰며 반항하고 있었지만 상황이 좋지만은 않았다.

아무리 한 달이라는 시간이 지났지만 알란이 습격했을 때 손실된 전투 인원이 많았는지 점점 힘에 부치는 듯 보였다.

"저열한 죽음 교단 녀석들이 그렇게 원하는 죽음을 내려 주마!"

"여신님이 지켜보신다! 신탁의 주인을 찾아라!"

"신병 확보가 우선이다! 죽음 교단 녀석들의 처리보다 신탁의 주인을 찾아! 이번 작전의 핵심이다!"

여신 교단은 어디서 저런 숫자를 모았는지 몰라도 기세가 보통이 아니었다. 하지만 전투보다는 치호를 찾는 게 더 중요한지 연신 사방에서 전투의 목적을 알리는 목소리가 들려오기 시작했다.

그런 난전 속으로 치호는 망설임 없이 뛰어들기 시작했다. 덧없는 죽음을 만들지 않으려면 조금이라도 빨리 여신 교단 녀석들을 말려야 하기에 마음이 급한 것이다.

하지만 치호의 마음처럼 일이 진행되진 않았다.

여신 교단은 치호를 알아보지 못하는 듯 격렬하게 진입을 막았기 때문이었다.

"막아! 절대 뚫려서는 안 된다! 4진, 7진 이쪽으로 와서 보
강해! 전열을 정비하고 몸으로라도 막아!"

치호 일행의 돌파력을 보고 위급함을 느낀 여신 교단 측
지휘자가 다급한 모습으로 치호 일행을 저지하기 시작했고
전투는 점점 치열한 양상을 보이기 시작했다.

"악마의 꼬리!"

"비켜! 비키란 말이야! 대진 아저씨, 이놈도 붙잡아줘요!"

"이 새끼들이 진짜 짜증 나게."

점점 격렬해지는 싸움에 대진과 메이, 미소는 스킬을 사용
하기 시작했고 특히 미소의 경우 이런 싸움이 마음에 들지
않는지 점점 입이 거칠어지기 시작했다.

치호의 부탁으로 최대한 살기를 죽이고 피해를 최소화하
는 전투는 미소는 해본 적 없기 때문이었다.

더욱이 제일 앞에 선 치호는 몸이 아직 완벽하게 회복되
지 않은 것인지 어설픈 상대의 공격을 몸으로 받아내고 있었
다.

그 때문에 치호의 몸은 벌써 피투성이가 되었고 미소는
치호가 상처 입는 모습을 보자 이런 상황이 참을 수 없어 터
지기 일보 직전인 것이다.

"아저씨, 그냥 베어버리면 안 돼?"

"안 돼! 그러면 의미가 나중에 더 힘들어진다. 조금만 참아!"

"하… 하지만 아저씨 너무 위험해 보여!"

미소는 격해진 감정에 치호에게 반말로 말했지만 그런 미소를 나무라는 사람은 없었다. 대진이나 메이 역시 같은 마음이었기 때문이다.

"조금만 버텨, 얼마 남지 않았어!"

치호의 말에 세 사람은 입술을 깨물었다. 저렇게 피투성이가 되면서도 묵묵히 여신 교단의 수뇌부로 향하는 치호가 안쓰러웠기 때문이다.

하지만 세 사람의 걱정과 달리 치호 역시 생각이 있어서 상대의 공격을 몸으로 받아내고 있는 것이다.

사실 치호가 몸 회복이 덜 되었고 상태가 정상이 아니라도 어중간한 테스터에게 검을 허용할 정도로 어설프지 않다. 그럼에도 상대의 검을 몸으로 받아내고 있는 이유는 따로 있었다.

'후우… 좋아, 예상대로 회복되고 있어. 이제야 몸이 좀 풀리는군. 아주 좋아.'

사실 치호는 세 사람이 걱정하는 것처럼 몸이 불편해서 상대방의 공격을 맞아주고 있는 것이 아니었다.

일부러 상처를 내고 자신의 검은 힘으로 치료를 하기 위해 일을 꾸미고 있던 것이다. 줄어든 근육과 풀리지 않은 몸은 시간을 두고 천천히 치료하면 될 일이었지만 지금처럼 위급한 상황에서는 다소 과격한 방법이라고 해도 이게 가장 확실하기 때문이다.

그 때문에 치호의 상처 부위에는 치호의 검은 힘이 연신 휘감겼고, 치호의 몸 상태는 빠르게 호전되고 있었다.

아이러니하게 치호의 상처를 치료하는 검은 힘이 몸 상태를 원래대로 돌려놓기 시작한 것이다.

한마디로 말해, 치호가 몸에 피칠갑을 하고 있는 외견과는 다르게 몸 상태는 시간이 지날수록 점점 좋아지고 있었다.

"치호! 저길 봐!"

그때 대진이 한쪽 구석을 가리키며 말했다. 대진이 가리킨 곳에는 깃발이 꽂혀 있었고 그 안에는 호위로 보이는 인원들에게 둘러싸인 몇몇이 보였다.

치호는 그 깃발을 보자마자 대진에게 대답도 않고 그대로 몸을 날렸다. 조금이라도 시간을 단축하는 것이 오히려 도움이 되기 때문이다.

"뭐 하고 있는 거야! 어둠 교단 녀석이 이곳까지 뚫고 왔잖아! 어서 처리해!"

"호위는 자리를 지켜라! 쓸데없이 흔들리지 마라!"

치호가 깃발 앞에 도착하자 들린 목소리였다. 하지만 그런 목소리보다 더 크게 치호가 외쳤다.

"나 황치호! 신탁의 주인이 왔다! 모든 전투를 멈춰라!"

치호의 목소리는 전장을 쩌렁쩌렁하게 울렸고 호위와 그 안의 인원들에게 틀림없이 들릴 만한 목소리였다.

"이 병신이 헛소리를! 저 주둥아리를 찢어버려!"

"뭐 하는 거야! 어서 움직여!"

"신탁의 주인을 사칭한 녀석은 가장 고통스럽게 죽여라!"

하지만 치호의 외침을 믿는 이는 아무도 없는 것 같았다. 치호는 여신 교단의 태도에 인상을 찌푸렸다. 여기까지 와서도 말이 통하지 않는다면 다소 과격한 방법을 사용하는 수밖에 없기 때문이다.

치호가 인상을 구기며 스킬을 사용하려는 그때 깃발의 안쪽에서 귀에 익은 목소리가 들렸다.

"아… 진정 치호 님이십니까?"

치호는 그 목소리가 들린 방향으로 눈을 돌리자 낯익은 얼굴이 보였다. 목소리의 주인공은 쉐이퍼였다.

치호가 클레이를 처리할 때 거의 죽을 뻔했던 그림자 사제 쉐이퍼, 그가 지금 이 자리에 있는 것이다. 그리고 그런 쉐이퍼를 따라 네 번째 필드의 교단 단장 스테인도 나타났다.

그 두 사람은 단번에 치호를 알아봤기에 재빨리 공격 중지

명령을 내리며 치호에게 달려왔다.

"멈춰! 모두 멈춰라! 신탁의 주인이시다!"

"신탁의 주인께 무례를 범하는 자는 내가 직접 목을 벨 것이야! 모두 공격을 멈춰라!"

두 사람이 황급히 치호에게 다가온 것은 치호가 피를 뒤집어쓴 모습을 보이고 있기 때문이었다.

척 보기에도 위급해 보이는 치호의 모습에 두 사람이 기겁을 하고 치호에게 달려온 것이다.

"신탁의 주인이시여! 이게… 어찌된 일입니까! 몸은 괜찮으신겁니까?"

"이제는 안심하십시오. 저희가 지켜 드리겠습니다. 그 누구도 치호 님을 해하지 못할 것입니다!"

왠지 일을 더 복잡하게 만든 이 녀석들이 하는 말에 짜증이 났지만 자신을 걱정해서 온 놈들이기에 뭐라고 하기도 애매했다. 차라리 빨리 사정을 설명하고 무고한 희생을 줄이는 게 좋을 것 같았다.

"난 이상 없다. 그러니까 전투를 중지해! 어둠 교단을 적대하지 마라!"

"그게 무슨… 어둠 교단을 적대하지 말라니요!"

"그렇습니다. 신탁의 주인이시여. 치호 님의 안전도 확보되었으니 차라리 이 기회에 로펠로까지 처리해야 합니다. 이런 절호의 기회를 놓쳐서는 안 됩니다!"

치호는 두 사람에게 자초지종을 설명하려고 입을 떼었지만 그 순간 들려서는 안 되는 소리가 들리기 시작했다.

크오오오!

키케케!

"콴의 괴물들이다! 녀석들이 테마탄의 거점에 들어왔다!"

"이쪽은 강철이야! 강철의 얀센 놈들이 몰려오고 있어!"

"목숨을 걸고 서라도 막아! 여기에 신탁이 주인이 계신다! 무조건 막아!"

치호는 그 소리에 입술을 깨물 수밖에 없었다. 상황이 최악의 최악으로 치닫고 있었기 때문이다. 상황을 풀어보려 했지만 치호의 노력과는 다르게 점점 일이 힘들게만 돌아가고 있었다.

제3장
난전 II

테마탄을 지키려면 최소한 여신 교단과 죽음 교단이 싸워서는 안 된다. 그래야 일말의 희망이라도 보일 텐데 상황을 설명하기도 전에 타 세력이 치고 들어와 혼란을 가중시켰기 때문이다.

'시간이 없어!'

괜한 설명 따위나 하다가 시간이 흐르면 이미 때는 늦는다. 그때는 서로 싸우다가 승냥이와 같은 다른 세력에 목이 베일 것이 틀림없기에 치호는 조급해지기 시작했다.

잠시 고민을 하는 듯하더니 행동은 빨랐다. 괴물들의 소리가 들리자마자 치호가 쉐이퍼와 스테인에게 말했다.

"후우… 너희가 진정 나를 신탁의 주인으로 생각한다면 지금은 그냥 내 말을 따라라."

"하… 하지만!"

"반문은 허용하지 않는다."

두 사람은 치호에게 뭐라고 반문을 하고 싶은 모양이었지만 치호의 단호한 태도에 입을 다물 수밖에 없었다.

치호는 그런 두 사람을 뒤로하고 다시금 몸을 움직이기 시작했다.

힘들게 길을 뚫고 들어온 테스터들을 헤치고 다시금 전장이 가장 치열한 전선으로 나가는 것이다.

하지만 처음 들어올 때만큼 힘들지는 않았다. 쉐이퍼와 스테인이 치호의 뒤를 따랐기 때문이다.

"길을 비켜라! 신탁의 주인이시다!"

"신탁의 주인에게 칼을 무르고 길을 터라!"

쉐이퍼와 스테인의 외침은 여신 교단의 테스터에게 효과가 있는지 치호가 움직이는 길을 트기 시작했다.

치호는 그런 두 사람의 도움을 받아 다시금 전장의 한가운데에 설 수 있었다. 그러고는 크게 숨을 머금고 토해내듯 외쳤다.

"나 신탁의 주인 황치호가 명한다! 지금부터 죽음 교단을 적대하지 않는다!"

치호의 말에 여신 교단의 인원들은 어리둥절하기 시작했다. 일반적인 여신 교단의 테스터들은 치호의 얼굴을 정확하게 모르기에 어쩌면 당연한 반응이었다.

하지만 치호 옆에 선 쉐이퍼와 스테인의 얼굴은 알아보았기에 여신 교단의 테스터들은 그 앞에서 외치는 치호가 '신탁의 주인'이라는 것을 점점 알아차리는 것 같았다.

"저… 저분이 진정 '신탁의 주인'이란 말이야?"

"그런 것 같은데? 단장님하고 그림자 사제가 옆에 서 있잖아."

"그런데 죽음 교단을 적대하지 말라니, 이건 또 무슨 소리지?"

치호가 '신탁의 주인'이라는 것과는 별개로 그의 명령을 쉽게 이해할 수 없는 듯한 모습이었다.

방금까지 피를 흘리며 싸우고 있었는데 지금은 싸우지 말라는 명령이 납득이 되지 않았던 것이다.

지금 치호의 말은 여신 교단의 테스터들에게 혼란만 가중시킬 뿐 아무런 도움도 되지 않는 것처럼 보였다.

치호 역시 그런 분위기를 몸으로 느꼈으나 그럼에도 불구하고 계속해서 말을 이었다.

이번에는 여신 교단의 테스터들을 향해서가 아닌 죽음 교단을 향해서 외치기 시작한 것이다.

"나 어둠이 명한다. 죽음 교단이여, 여신 교단을 적대하지 마라!"

동시에 치호는 자신의 안개 같은 검은 힘을 뿜어내기 시작했고 그 모습을 본 죽음 교단의 테스터들은 치호를 보며 환호성을 지르기 시작했다.

"어… 어둠이 부활했다!"

"역시 죽음에서… 아니, 죽음을 거부하는 진정한 어둠이여! 저희를 인도하소서!"

"난 저분 그 전투에서 뵀어! 그때랑 같은 모습이시다! 어둠이 죽음을 거부하고 우리 앞에 강림하셨다!"

치호의 검은 힘은 테마탄의 테스터들에게 강렬한 인상을 남겼었는지 일말의 의심조차 하지 않고 있었다.

애초에 여신 교단에 비교해서 죽음 교단에 치호가 차지하는 비중 자체가 달랐다.

죽음 교단은 테마탄의 테스터들에게 있어서는 거의 구원자와 같은 존재로 자리매김하고 있었다.

지난번 괴물과의 전투가 테스터들의 뇌리에 박혀 있는 것이다. 더욱이 치호가 위독하다는 소문이 로펠로 덕에 쫙 깔린 상태였는데 온전한 모습으로 다시금 전장에 치호가 나타났으니 그들의 반응은 말로 표현할 필요가 없었다.

로펠로가 지금까지 말했던 진정 죽음을 거부한 어둠, 그 자체였기 때문이다.

"이게… 무슨! 어둠이라니? 들어본 적 있나? 스테인?"

쉐이퍼는 치호의 말에 당혹스러운 듯 스테인에게 물었지만, 스테인은 그저 나지막이 말할 뿐이었다.

"여신을 따르십시오. 신탁의 주인은 치호 님입니다. 신탁의 주인을 따르는 것은 여신님의 뜻, 저희들의 임무는 그저 신탁의 주인께서 하시는 일을 돕는 조력자 역할임을 잊지 마십시오."

갑작스러운 치호의 발언에 곁에 있던 쉐이퍼는 잠시 당황하는 것 같은 모습을 보였지만 스테인은 오히려 침착하게 반응하며 쉐이퍼에게 말했다.

그 말을 들은 쉐이퍼는 잠시 눈을 감고 생각에 빠지는 것 같더니 이내 고개를 끄덕였다.

"모든 것은 여신님의 뜻대로."

쉐이퍼 역시 마음을 굳힌 것이다. 그런 두 사람의 짧막한 대화는 주변 여신 교단 테스터들의 입에서 입으로 퍼져 나갔는지 여신 교단의 세력 역시 혼란이 다소 진정되는 것 같았다.

신탁의 주인을 따르기로 결정한 듯한 모습이었다.

치호의 말 몇 마디에 전장의 병장기 부딪히는 소리는 점점 잦아들기 시작했고 종래에는 아무런 소리가 들리지 않는 것 같은 침묵이 감돌았다.

그저 성벽을 넘어 테마탄으로 진입하는 괴물과 얀센의 병력만이 목소리를 높이며 달려오고 있을 뿐이었다.

치호는 양쪽 교단의 모든 인원이 자신에게 집중하는 듯하자 기다렸다는 듯 계속해서 말을 이었다. 그런 치호의 목소리에는 어딘가 위엄이 서려 있는 듯한 목소리였다.

"나를 따르는 자 힘을 줄 것이다. 너희들의 목숨을 노리는 저 콴의 괴물을 찢어버릴 수 있는 힘을! 저 날카로운 얀센의 병기들을 바스러뜨릴 힘을 주마."

치호의 목소리는 평소의 목소리보다 배는 더 크게 전장을 울렸고 소름 끼치는 괴물들의 울음소리도, 얀센의 등장을 알리는 북소리도 그런 치호의 목소리를 방해할 수는 없었다.

두 교단의 모든 테스터들이 오로지 치호의 목소리만 듣고 있기 때문이었다.

"지금 너희들의 적은 죽음 교단도 여신 교단도 아니다! 나, 신탁의 주인이자 어둠이 명한다! 지금 테마탄의 성벽을 넘는 저 콴과 얀센에게 진정한 힘이 무엇인지 보여주어라! 여신의 힘, 어둠의 힘을 보여줄 시간이다! 율리아의 전투 함성!"

치호는 말을 끝냄과 동시에 스킬을 발동시켰다.

얀센이 가장 경계했던 바로 스킬을 전장에서 발동시킨 것이다.

[율리아의 전투 함성이 발동됩니다.]
[아군의 공격력 100%, 방어력 100%가 향상되고 군의 사기를 높입니다.]

메시지 창에 메시지가 떠올랐고 동시에 여신 교단과 어둠 교단의 테스터들에게 빛무리가 감돌기 시작했다.

빛무리가 테스터들에게 감돌기 시작한 후, 그 빛무리가 테스터들의 몸속에 흡수되자 하늘이 찢어질 것만 같은 함성이 터져 나왔다.

"여신의 힘이 넘친다!"

"어둠이 내게로… 이제 죽어도 여한이 없다! 지금 죽는 자 영원한 안식과 축복을 얻을 것이다!"

"여신님이 드디어… 드디어 신탁의 주인의 몸을 빌려 우리에게 힘을 내리셨다! 여신님의 은혜와 은총을 받고도 물러서는 자, 진정한 신도가 아니다! 여신님을 증명하라!"

"어둠의 신도들이여! 무엇이 두려운가! 드디어 바라마지 않던 죽음의 시간이 도래했다! 콴의 괴물을, 얀센의 목을 하나라도 더 베고 나 또한 축복 속에서 죽음을 맞으리!"

치호의 〈율리아의 전투 함성〉 스킬은 시각적 효과와 더불어 공격력, 방어력 향상 그리고 사기 증진이라는 효과가 있었기에 지금같은 상황에서는 적격인 스킬이었다.

지금까지는 대진, 메이, 미소에게만 사용하던 스킬이었는데 대규모 인원에게 사용하자 그 효과는 기존의 효과보다 배는 더 높은 효과를 보는 것 같았다.

사기가 하늘을 찢을 듯 높아진 것이다. 더욱이 그들은 각자가 믿는 주체가 자신과 함께한다는 사실에 이 전장에서 뼈를 묻을 각오로 적들에게 달려들고 있었다.

힘을 내린 치호가 죽음 교단의 어둠이자 여신 교단의 여신이 선택한 '신탁의 주인'이기 때문에 그들은 몸을 사리지 않고 콴과 얀셴의 세력에게 달려들기 시작한 것이다.

갑작스레 기세가 높아지고 더욱 강력해진 여신 교단과 어둠 교단의 테스터들은 밀려드는 얀셴과 콴의 세력의 세력에 대항해 팽팽한 전투를 벌이기 시작했다.

상황이 이렇게 되자 오히려 당황한 것은 테마탄을 치러 온 두 세력이었다.

"얀셴 님! 어둠 교단의… 아니, 여신 교단의 반항이 만만치 않습니다!"

"무슨 보고가 그따위입니까? 어디 세력입니까? 똑바로 말하세요!"

"저… 그게 여신 교단과 어둠 교단이 손을 잡은 것 같습니다."

"그게 말이 되는 보고라고 생각합니까? 두 세력이 손을 잡다니요. 차라리 콴이 자결을 했다고 하세요. 오히려 그게 신빙성이 있어 보이는군요. 비키세요. 내가 직접 전장을 확인하겠습니다."

전장에 나선 얀센은 금방 전투가 끝날 것이라 예상했는데 지지부진한 이 상황이 마음에 들지 않는 듯 보였다.

갑작스레 여신 교단이 전장에 난입한 것은 변수였지만 여기서 상황만 잘 이끌어 가면 필드의 패권이 들어오는 중요한 전투이기에 신경을 곤두세우고 전장을 관찰하기 시작한 것이다.

"이게 무슨… 여신 교단과 어둠 교단의 합공이라니… 이게 무슨 일입니까! 이렇게 될 낌새라도 있었습니까?"

"없습니다. 방금까지만 해도 공멸할 기세로 싸웠는데 갑자기 이런 상황인지라……."

"후우…. 납득이 되질 않아요. 갑자기 이런 변화라니… 아무리 필드라지만 이건 아니에요. 정보가 필요합니다. 정보가!"

얀센은 갑작스러운 여신 교단과 어둠 교단의 태세 변환에 함정에 빠진 것은 아닌지 고민하기 시작했다.

하지만 급변하는 상황에 제대로 된 정보가 부족할 수밖에 없었다. 이런 변칙적인 상황이 마음에 들지 않았지만 얀센은 차분히 마음을 가라앉히며 물었다.

"콴… 콴은 어떻게 하고 있습니까. 저희랑 비슷한 시기에 테마탄의 성벽을 넘은 것으로 알고 있는데요. 그들의 진영에 심어둔 첩자에게서 무슨 보고는 없습니까?"

얀센은 콴의 상황을 묻자 보고를 하던 테스터가 다시금 입을 떼기 시작했다.

"콴의 행보가 좀 묘합니다."

콰앙.

얀센은 보고자의 말에 간신히 눌러놨던 감정이 폭발하는지 테이블을 박살 내며 말했다.

"또 뭡니까! 또 뭐가 문제입니까! 말해보세요!"

얀센의 살기는 보고자를 짓누르기 시작했고 식은땀만 연신 흘리던 보고자는 그 살기에 입도 떼지 못하고 그저 온몸을 부르르 떨 뿐이었다.

살기가 너무 짙어 입조차 떼지 못하는 것이다.

그러자 무토가 얀센 앞에 나서며 말했다.

"살기가 너무 짙습니다."

무토의 말에 얀센은 그제야 한숨을 내쉬며 살기를 거두어들였다. 자신의 실수를 알아차린 것이다.

"미안합니다. 보고를 계속하세요."

"쿨럭… 예, 예."

얀센이 살기를 거두어들이자 보고자는 힘겹게 말을 잇기 시작했다. 보고자는 이미 바지가 젖어 있었지만 그런 것은 알아차리지도 못하는 눈치였다.

"콴 쪽에서 올라온 보고에 의하면 콴은 테스터 황치호를 노리고 있답니다. 이 전투에서의 승리 따위는 관심 없고 오로지 황치호만 노린다고 합니다."

보고자의 말에 얀센의 눈썹이 올라갔다. 요즘 들어 황치호란 이름이 너무 자주 거론되고 있기 때문이다.

자신이 1순위로 영입 대상으로 꼽은 건 맞지만, 여기저기에서 이상하리만치 황치호의 이름이 자주 거론되는 것이다.

"콴이 황치호를 노린다?"

얀센은 잠시 고민하는 듯싶더니 말했다.

"이 전장에는 제가 직접 나섭니다. 준비하세요."

무토가 말리려는 듯 보였지만 그런 무토를 제지하며 얀센이 말했다.

"이번 전투… 반드시 승리해야 합니다. 그리고 황치호… 제가 가질 수 없다면 철저하게 부숴야지요. 안 그렇습니까?"

그렇게 말하는 얀센의 목소리는 그 어느 때보다 차갑고 날카롭게 느껴져 무토는 그저 망부석처럼 얀센을 바라볼 수밖에 없었다.

얀센이 출정을 준비하는 그 시각, 치호 역시 쉴 틈이 없었다. 다행스럽게도 양측의 교단 녀석들을 모두 진정시키고 얀센과 콴의 세력을 몰아내는 데 집중시켰지만 그렇다고 일이 끝난 건 아니기 때문이다.

"치호! 이 녀석들 태도가 갑자기… 믿어도 되는 걸까?"

"일단은… 이번 전투까지는 어떻게 넘길 수 있겠지."

"그나저나 네 말이 먹히는 걸 보면 신기하단 말이야? 그 '신탁의 주인'이라는 게 그렇게 대단한 건가? 어둠은 또 뭐고."

"여신 쪽은 잘 모르겠지만 죽음 교단 쪽은 로펠로가 잘 선동해 둔 모양이야."

"하긴… 이런 종교까지 만든 놈인데 선동질 하나는 끝내주겠지. 뭐, 그 덕에 편해지긴 했지만 말이야."

치호는 대진의 말에 대답해 주고는 주변을 살폈다. 전장의 흐름을 쉬지 않고 관찰하는 것이다.

"대진, 이렇게 한가하게 이야기나 하고 있을 시간이 없다. 괴물들이 끝도 없이 넘어오고 있어!"

"크… 쉬질 못하게 하는구만. 콴 놈들은 괴물을 부릴 수 있으면 필드 청소나 할 것이지 이게 무슨 짓거리야 대체!"

"아저씨, 잔소리 말고 어서 이리로 와서 도와요! 지금 6시 방향 전선이 밀리려고 해요!"

"아… 알았어! 바로 갈게!"

대진은 치호와 잠시 이야기를 나누며 한숨 돌리고 재빨리 전장으로 합류했다. 메이와 미소 역시 쉴 틈 없이 전투를 이어가고 있었기에 대진도 오래 쉬진 못했다.

"6시 방향에 얀센 놈들이 몰려온다! 전열을 무너뜨리지 마라! 한 번 전열이 무너지면 끝이야! 절대 밀리지 마!"

"크악!"

"내 다리!"

"포션! 포션을 줘! 크헉!"

얀센이 본격적으로 밀고 들어오기 시작했는지 여기저기 비명이 들리고 병장기 부딪히는 소리가 들렸다.

'제길… 역시 괴물보다는 사람이 상대하기 까다로운 건가?'

치호는 미간을 좁히며 상황을 살폈다. 괴물들과 함께 치고 들어오는 콴의 세력보다 얀센의 세력이 더 매서운 기세로 치고 들어왔기 때문이다. 아무래도 얀센의 부대는 테스터로만 이루어져 있기에 상대하기가 더 까다로운 것 같았다.

"이… 이 자식들 뭐가 이렇게!"

"쿨럭… 축복의 시간… 쿨럭."

"여신이 함께한다! 물러서지 마라!"

잠시 얀센과 교단 측의 전투를 지켜보던 치호는 자신의

판단이 틀렸다는 것을 얼마 지나지 않아 깨달았다.

그들이 테스터라서 상대하기가 까다로운 게 아니라 얀센이 이끌고 온 테스터 하나하나가 실력을 무시할 수 없을 만큼 강했기 때문이었다.

'제길… 숫자가 얼마 되지 않아 신경 쓰지 않았는데 그게 아니었군. 어쩌면 더 까다로울 수 있겠어.'

〈율리아의 전투 함성〉으로 강화된 교단 측 인원을 마치 무 썰 듯 썰어버리고 전선을 파고드는 얀센의 기세는 실로 무시무시했다. 얀센이 데려온 전투 인원들은 모두가 강철 갑옷으로 둘러싸여 표정조차 알아볼 수 없었고 그저 기계처럼 교단의 테스터들을 쓰러뜨려 갈 뿐이었다.

"어쩔 수 없군. 98인의 악몽!"

치호는 더 이상 전투를 관망할 수 없기에 행동에 나서기 시작했다. 가장 먼저 이런 난전에 특화된 악몽들을 부르기 시작한 것이다.

치호를 둘러싼 검은 연기 속에서 한 줄기가 떨어져 나가는 것 같더니 예전과 같은 98인의 악몽들이 속속들이 모습을 비추기 시작했다.

그런 악몽들을 한번 흘겨보고는 나지막이 말했다.

"지난번 같은 실수는 용납할 수 없다."

그 한마디.

치호는 단 한마디를 했을 뿐이지만 악몽들은 그 말을 알아듣는 듯 미세하게 고개를 끄덕이고는 전장을 향해 검은 빛살처럼 튀어나가기 시작했다.

카가강!

"헉! 뭐… 뭐야!"

"누구? 아… 아무튼 고맙소."

"……."

악몽이 검은 빛살처럼 튀어나가 전장에 합류하자 잠시 혼란스러운 것 같았다. 악몽들의 차림새나 소속이 불분명했기 때문이다. 하지만 그것도 잠시, 교단과 같이 힘을 합쳐 싸우는 모습을 보고 교단의 테스터들은 악몽이 같은 편임을 인지하기 시작했다.

"저… 저 모습은!"

"저것은 그때 그!"

"드디어 어둠께서!"

더욱이 그 악몽들의 모습을 본 로펠로와 12명의 로브인들은 악몽들을 보고 그냥 넘길 수가 없었다.

악몽이 나섰다는 것은 드디어 치호가 전장에 합류해 전투를 시작했다는 의미와 같기 때문이다.

이에 로펠로는 마치 기다렸다는 듯 외쳤다.

"죽음의 왕, 죽음의 거부한 나의 주군이여! 불사의 군대를 몰고 오실지니, 나 길잡이 로펠로, 이 한목숨이 다하는 날까지 영원히 어둠을 따를 것입니다! 제게 부디 죽음의 안식과 축복을!"

로펠로의 외침이 끝나자 어둠 교단의 테스터들은 거친 함성을 토해내기 시작했다. 자신의 곁에 죽지 않는 불사의 군대가 함께하고 있기에 이 전투에서 패배할 것이라는 생각을 하지 않는 것 같았다.

더욱이 적들의 공격을 몸으로 받아내고도 죽지 않는 악몽들의 모습은 죽음 교단의 테스터들에게는 그들의 믿음에 대한 증거나 마찬가지였다.

언제나 로펠로에게 말로만 들었던 죽음을 거부한 존재들, 그들이 곁에 있는 것이다. 막연하게 마음속에 있다느니 언제나 곁에 있다는 둥의 헛소리가 아닌 진실로 자신의 곁에서 함께 전투를 하고 있는 것이다.

그러니 어둠 교단의 테스터들의 사기는 이루 말로 표현할 수 없었다. 아니, 오히려 불꽃 속으로 뛰어드는 부나방처럼 자신의 목숨을 생각하지 않고 적진을 향해 몸을 날리기 시작한 것이다.

불사의 군대가 진실이라면 죽음 이후의 축복 역시 진실이라는 증거와 같았으니까.

이러한 악몽들의 영향 때문인지 전선이 점점 회복되고, 나아가 조금씩 밀어내기까지 하고 있었다.

'좋아, 버틸 수 있겠군.'

얀센이 밀고 들어오는 방향은 이제는 조금 마음이 놓이는 것 같았다. 전장이라는 것은 살아 있는 생물과 같아서 완전히 마음을 놓을 수는 없지만 그나마 상황이 호전되고 있기 때문이었다.

'악몽은 물론 일행들이 모두 이쪽에 있으니까 믿고 맡겨도 되겠지. 문제는 콴 방향인가?'

얀센이 침입한 방향은 치호의 일행과 로펠로의 일행, 거기에 악몽까지 전투에 합류했으니 믿고 맡길 수 있을 것 같았다.

이제 콴을 상대하고 있는 여신 교단의 쉐이퍼와 스테인 쪽만 잘 해결되면 전장을 승리로 이끌 수 있을 것 같았다.

'전선은 밀리진 않고 있다만… 어째서 괴물의 수가 줄지 않지?'

잠시 콴 쪽을 바라보던 치호는 의문이 들었다. 멀리서 봤을 때 분명 여신 교단 측에서 괴물들을 빠르게 처리하고 있는데도 불구하고 나아가질 못하고 있었기 때문이다.

'직접 가봐야겠군.'

전장을 정리하기 위해 치호가 몸을 날렸고 분투하고 있는 쉐이퍼와 스테인의 모습이 눈에 잡히기 시작했다.

"쉐이퍼! 스테인! 왜 이 괴물들을 밀어내지 못하고 있는 거지?"

"신탁의 주인이시여!"

"치호 님!"

치호가 나타나자 두 사람은 힘겹게 고개를 숙인 후 말을 잇기 시작했다.

"전장에 콴이 직접 나섰습니다. 녀석이 술수를 부리는 탓에 도저히 밀어낼 수가 없습니다!"

"콴에 대한 이야기는 소문으로만 들었는데… 직접 보니 구역질이 나올 정도입니다. 후우, 대체 어디서 저런 힘을 얻은 것인지."

스테인과 쉐이퍼가 고개를 절레절레 흔들기 시작했고 치호는 그런 반응이 이해가 되지 않았다.

필드에서 산전수전 다 겪었을 두 사람인데 저런 반응을 보이는 것이 납득이 되질 않았기 때문이다.

"대체 무슨 힘이길래 그런 거지?"

"저길 보십시오. 저기 저희 테스터들을."

"음?"

치호는 두 사람이 가리킨 방향을 주시했고 지금껏 필드에서 보지 못한 광경을 볼 수 있었다.

죽은 테스터들은 검은 재로 변하는 것이 아니라, 다시 괴물이 되어가고 있었다.

"미… 미친!"

"예, 맞습니다. 괴물에게 물려죽은 테스터들이 다시 괴물로 변하고 있습니다. 이걸 어떻게 해야 할지… 저 모습을 보고 도망가려는 교단의 테스터들을 간신히 붙잡았습니다."

"정말, 저런 힘이 있다니… 소문으로만 들어서 그저 헛소문인 줄 알았는데 실제 눈으로 보니 정말 혐오스럽군요. 저런 힘을 가진 자가 아직도 살아 있다니."

두 사람은 조금 전까지 자신의 동료였던 이들이 괴물로 변해가는 모습에 이가 부서질 듯 이를 악물었고 치호 역시 인간이 괴물로 변하는 모습이 마음에 들지 않았다.

'저딴 힘이라니… 미친 필드 같으니라고.'

치호는 역시 가슴속에서 불이 나는 것 같았고 즉시 파멸의 조각에 손을 올렸다.

최대한 빨리 콴의 녀석들을 밀어낼 결심을 한 것이다. 녀석들과의 전투가 길어지면 길어질수록 괴물로 변하는 테스터들이 늘어날 테니 오래 끌면 끌수록 불리해지는 전장이다.

치호가 괴물들을 향해 튀어나가려는 순간 치호의 발걸음을 붙잡는 외침이 들렸다.

"치호! 테스터 황치호 어디 있느냐! 나 짐승의 왕 콴이 직접 너를 징치하러 왔다! 어서 모습을 드러내라!"

그 목소리에 치호를 비롯한 스테인과 쉐이퍼가 고개를 돌려 목소리의 주인공을 찾았다.

목소리의 주인공은 창백한 피부에 검은 로브를 입고 있었다. 더욱이 손가락에는 빽빽하게 반지가 끼워져 있음을 물론이고 허리까지 내려오는 검은 머리칼은 바람에 흩날리고 있었다.

"저, 저자는!"

스테인이 그 모습을 보며 소스라치듯 놀랐다. 그 모습에 치호가 나지막하게 물었다.

"저자가 콴인가?"

"그… 그렇습니다! 맙소사! 콴이 직접 나서다니!"

"저자가 콴이라… 저자의 목을 치면 이 더러운 꼴을 더 이상 보지 않아도 되겠군."

"하… 하지만 분명 무슨 수작이 있을 겁니다. 이런 흉악한 힘을 사용하는 자가 아무런 준비도 없이 전장에 나섰을 리 없습니다."

스테인과 쉐이퍼는 콴 앞에 나서려는 치호를 말리며 말했다. 하지만 치호는 그런 두 사람의 말에도 파멸의 조각을 빼어들며 말했다.

"이런 미친 꼴을 더 보자고? 난 그렇게 하지 못해. 테스터들을 괴물로 만드는 힘이라니… 게다가 무슨 함정을 파놨다

하더라도 관계없다. 모조리 깨부수고 녀석의 목을 치면 될 일이니까."

치호는 그렇게 말하고는 살기를 피워 올리기 시작했다.

지금 눈앞에 벌어지는 전장의 참상은 눈뜨고 봐줄 수 없기 때문이다. 지금까지 치호가 겪은 수많은 전장 중에서도 지금 이 광경은 참아줄 수가 없었다.

그렇기에 치호는 그 힘의 주체인 콴을 내버려 둘 수 없었다. 녀석의 이 더러운 힘을 사용하는 걸 더 이상 보고 싶지 않았기 때문이다.

더욱이 녀석은 자신에게 알란이라는 비수를 보낸 녀석이다. 어째서 자신을 그렇게 노렸는지 궁금하기도 했기에 녀석과 직접 검을 나눠야 할 것 같았다.

콴 역시 자신을 찾아 저렇게 부르짖고 있으니 그에 응해줄 생각인 것이다.

"투사의 발걸음."

치호는 망설임 없이 〈투사의 발걸음〉을 사용해 콴에게 달려 나아가기 시작했다. 하지만 콴에게 다가갈수록 기분 나쁜 시선이 느껴지는 것만 같았다.

치호는 이동하면서도 괴물들을 베어 넘기는 것을 잊지 않았고, 더욱이 〈투사의 발걸음〉은 검은 불길을 피어올리며 주변의 괴물들을 하나씩 삼켜 나갔다.

크에엑!

검은 불길에 괴물들의 울부짖음은 점점 전장을 울렸고, 하나둘 쓰러지기 시작할 때 치호가 콴 앞에 도착할 수 있었다.

"네가 콴이냐?"

치호는 콴 앞에 서서도 당당하게 물었고 그런 치호를 보며 콴 역시 단번에 알아본 것 같았다.

"네가 치호로군. 드디어 만나게 되는구나, 드디어!"

"난 널 처음 보는데?"

"그런 건 별로 중요하지 않지. 너와 내가 만났다는 게 중요할 뿐이니까."

치호는 다소 콴의 태도가 이해되지 않았다. 녀석과 척을 진 것도 없는데 녀석이 자신을 노리는 것도, 자신을 알아보는 듯한 것도 하나도 이해가 되지 않았기 때문이다.

"그런데 너 말이야. 왜 날 노리는 거지? 너와 난 마주친 적이 없는데 말이지. 게다가 알란 녀석을 보내면서까지 날 노린 이유가 뭐지? 납득이 안 돼서 말이야."

녀석과 전투를 벌이기 전에 최소한 궁금한 것은 풀고 싶어 물은 것이다. 그 물음에 콴은 피식 웃으며 답했다.

"네 녀석의 행보를 좋게 보지 않는 분들이 계시니 내가 직접 나설 수밖에… 그분들께서 네 녀석을 처리하면 네 번째

필드의 패권을 확실히 가질 수 있는 새로운 힘을 주신다고
했으니 네 녀석은 죽을 운명인 거다."

"분들? 콴, 너 세력의 수장 아니었던가?"

"후후, 나를 저기 천지 분간하지 못하고 날뛰는 녀석들과
비교하지 마라. 나는 세상의 주인께서 직접 주신 권능을 가
지고 네 번째 필드를 지배하려는 것이니까."

"권능?"

치호는 콴과의 대화에서 많은 걸 뽑아내려고 했으나 치호
가 유도신문을 할 필요도 없이 녀석이 술술 말을 하기 시작
했다.

생각보다 일이 쉬울 것 같았다. 콴은 치호를 반드시 죽일
자신이 있다는 듯 서슴없이 이야기하고 있었기 때문이다.

"그렇다. 나에게 권능을 주신 분, 이 세상을 만드신 분. 그
분의 종들이 내게 와 말씀하셨다. 네놈을 죽이라고, 그러면
더 큰 힘을 얻게 될 것이라고 말이다."

"하, 그러니까 네 말은 이 필드를 만든 녀석들과 네놈하고
한패라… 이건가? 아주 재미있는 말을 하는데 그래?"

치호는 녀석의 말을 들으면 들을수록 머리가 차갑게 식었
다. 드디어 필드를 만든 녀석들의 꼬리를 잡은 느낌이 들었
기 때문이다.

녀석을 잘 상대하다 보면 감시자들에 관해 알 수 있고 나

아가 이 필드를 만든 놈에 관한 정보를 캘 수 있을지도 몰랐기 때문에 신중해지기 시작한 것이다.

'호오? 그렇다면… 아까부터 느껴지는 이 시선들이 감시자 놈들의 것이란 거군? 〈등불 호신부〉로 추적을 못 하니 직접 콴을 보낸 건가? 하… 그렇게 된 거군.'

치호는 어째서 콴이 자신을 노렸는지 알 수 있을 것 같았다. 더욱이 알란을 보내고 그게 실패하자 무리하게 콴이 직접 나선 이유도 알 수 있는 것 같았다.

의문들이 풀려가는 찰나 콴은 치호에게 깊이 생각할 시간을 주지 않았다. 바로 행동에 나섰기 때문이다.

"더 이상 긴 대화는 필요 없겠지. 그저 죽음으로 다시 태어나거라. 내가 네 육신은 새로운 애완동물로 사용해 주마."

"할 수 있으면 해봐."

"언제까지 그 건방진 소리를 할 수 있는지 보지. 내 충직한 짐승들아! 콴이 원하노니, 저놈의 머리통을 내게 가지고 와라."

콴이 손에 낀 반지를 내밀며 말했고 그 반지에서는 지금껏 본 적 없는 괴물들이 하나씩 소환되어 나타나기 시작했다.

치호는 반지에서 무언가 소환되는 것 자체는 별로 놀라지 않았다. 그런 광경은 악몽들을 통해 수도 없이 보아왔기 때문이다.

하지만 반지에서 나타난 괴물들은 필드에서 본 허술한 괴물들이 아니었다. 보통의 테스터들이라면 소환된 괴물들의 모습을 보는 것만으로 온몸의 털이 곤두서고 몸이 굳어버릴 정도의 기세가 느껴지는 놈들이었다.

크르르륵.

그런 괴물들이 총 9마리.

괴물들은 녀석의 반지에서 빠져나와 기지개를 켜는 듯 몸을 웅크리더니 치호를 향해 거리를 재기 시작했다.

"잔뜩 기대하고 만들고… 겨우 이딴 괴물들이나 내보낼 거였어? 차라리 알란이 위협적이었다. 콴."

"그런 건 내 짐승들이나 처리하고… 이, 미친!"

콴은 말을 잇지 못했다. 눈앞에서 벌어지는 광경을 도무지 믿을수 없었기 때문이다.

자신이 직접 만들고 특별히 선별한 괴물들이자 자신들의 충직한 짐승들이 치호에게 힘 한번 제대로 써보지 못하고 도륙당하고 있었기 때문이다.

크커커컥!

키… 케헥!

콴의 짐승이 날카로운 이빨을 드러내 치호에게 달려들면 치호는 그 이빨을 뽑아 턱을 박살 냈고 거친 발톱으로 치호를 찢으려 달려드는 짐승은 다시는 걷지 못하게 뭉개고 심장을 뽑았다.

그런 일련의 과정은 순식간에 일어나고 있었고 그런 치호의 모습에 콴은 제대로 반응조차 할 수 없었다. 자신의 짐승들을 저리도 손쉽게 처리할 줄은 상상도 하지 못했기 때문이었다.

꾸드득.

파각, 써걱.

콴의 짐승들은 치호에게 반격 한번 제대로 해보지 못하고 그대로 썰려 나갔고, 콴은 더 이상 자신의 짐승들이 죽어나가는 걸 볼 수 없는지 그 괴물들을 다시금 불러들이기 시작했다.

"돌아오라, 나의 짐승들이여!"

몇 마리 남지 않았던 콴의 짐승들은 다시금 콴의 반지로 돌아갔고 그런 모습을 본 치호는 아쉽다는 듯 말했다.

"왜, 벌써 돌려보내? 이제 막 재미있어지려는데 말이야. 그런데… 이게 끝이라고 하진 않겠지? 너… 설마 알란보다 나약한 거냐?"

치호는 어느새 짐승들의 피를 뒤집어쓴 채로 콴을 도발했다. 그런 치호의 말에 콴은 부들부들 떠는 것 같았지만, 치호의 말은 멈추지 않았다.

"사람 잘못 판단했어. 괴물들이 기껏해야 괴물이지. 녀석들이 필드의 지배자급이라도 되지 않는 이상 무의미하다. 다시 괴물들을 내보내려면 지배자급을 내놓던가."

치호가 필드의 지배자를 언급하자 콴은 억지로 웃음 지으며 말하기 시작했다.

"나의 짐승들 고작 몇 마리 상대했다고 기고만장하구나. 필드의 지배자급이라고 했나?"

"호오, 필드의 지배자를 알고 있나? 그렇지 않아도 네 번째 필드의 지배자는 도무지 정보가 없더라고. 가능하면 네 번째 녀석도 처리하고 정수를 하나 더 얻고 싶은데 말이지."

치호는 가능하다면 〈필드의 정수〉를 하나 더 획득해서 미소에게도 〈등불 호신부〉를 만들어주고 싶었기에 혹시 녀석이 가진 짐승 중에 필드의 지배자가 있지 않을까 싶어 물었다.

사실 녀석이 필드를 만든 녀석과 한패라면 세 번째 필드에서 장인 클레디안의 어머니 세이카가 그랬던 것처럼 필드의 지배자와 한통속이 되었을 수도 있기에 한번 떠본 것이다.

그런데 녀석은 그런 치호의 바람과는 다르게 전혀 다른 소리를 하기 시작했다.

"지배자급이라… 어디서 잔챙이 같은 필드의 지배자 몇 상대하고 와서 나에게 허세 떠는 것이냐?"

"잔챙이? 필드의 지배자가?"

"크크… 진정 필드의 지배자가 어떤 힘을 가진 것인지 보여주마. 이 짐승의 왕 콴 님께서 말이다! "

그렇게 말하고 녀석은 품에서 무언가 하나를 꺼내기 시작했다. 자세히 보니 낯익은 물건이었다.

"이것, 이게 바로 네가 원하던 그 필드의 정수 맞겠지?"

치호는 넌지시 던져본 것이었는데 정말로 녀석이 필드의 정수를 가지고 있던 것이다.

"필드의 정수? 그걸 왜 네가… 네가 네 번째 필드의 지배자를 처리한 건가?"

"글쎄… 어떨까? 진정한 지배자의 힘을 보여주지."

녀석은 그렇게 말하고는 그 필드의 정수를 목구멍으로 가져가 그대로 삼켜 버렸다.

콴의 어처구니없는 행동에 치호가 잠시 얼이 빠져 있는 동안 녀석은 나지막하게 중얼거렸다.

"한낱 테스터 한 놈 때문에 이런 모습까지 해야 하다니… 내 체면이 말이 아니군. 크크크. 하지만… 오늘 테마탄의 모든 녀석을 처리하면 필드가 내 손에 들어올 테니 문제없겠지."

콴은 나지막이 중얼거리다가 치호를 보며 눈을 희번덕거리며 외쳤다.

"육체변이! 광폭화! 가속진화!"

녀석이 스킬인지 뭔지 모를 소리를 외치자 녀석의 몸이 급변하기 시작했다.

몸이 점점 커지고 콴이 가진 존재감이 점점 커지기 시작한 것이다.

콰드득, 우드득.

"크아아악!"

콴은 살이 터지고 혈관이 불뚝 튀어나오기 시작했으며 키는 물론이고 체구도 점점 커지기 시작하더니 결국 머리에서는 한 쌍의 뿔이 돋아나기 시작했다.

그렇게 변하고도 녀석에게는 변화가 멈추지 않고 계속되었다.

녀석의 등에서는 인간의 것이라고는 볼 수 없는 가시가 돋아나기 시작했고 전에 없던 꼬리와 날카로운 손톱과 발톱, 그리고 강철도 씹어 먹을 것 같은 이빨이 새롭게 자라나기 시작한 것이다.

이런 일련의 과정은 순식간에 일어났고, 치호 역시 그 오랜 시간을 살아왔어도 이런 경험은 하지 못했기에 일순 멍하니 있을 수밖에 없었다.

그사이 치호의 메시지 창에는 새로운 메시지가 떠오르기 시작하고 있었다. 오랜만에 보는 퀘스트에 관한 내용이었다.

[히든 퀘스트—배덕자의 야망]

—발동조건: 없음

—내용: 인간을 배신한 콴, 일찍이 네 번째 필드의 지배자를 처리하고 간직해 온 필드의 정수를 섭취한 그는 인간이되 인간이 아닌 존재가 되었습니다.

더욱이 그런 콴은 필드의 지배자의 자격을 갖추어 지배자로 인정됩니다. 네 번째 필드의 새로운 지배자로 등극한 콴을 물리치세요. 콴의 목이 떨어지면 당신이 원하는 보상을 얻게 될 것입니다.

메시지가 떠오름과 동시에 치호의 전방으로 몇백 미터나 되는 반구형 투명막이 생성되었다.

오랜만에 생성되는 배틀 필드의 전조였다.

[배틀 필드가 생성되었습니다. 모든 적을 격살할 때까지 해제되지 않습니다. 필드의 지배자로 등극한 콴을 제거하세요.]

치호는 갑작스러운 이 상황에 잠시 넋을 잃고 녀석을 바라보는 사이 콴은 모든 것이 완료되었는지 치호를 내려다보며 말했다.

"네가 그렇게 원하던 필드의 정수, 나를 죽인다면 가질 수 있겠지. 하지만… 그럴 수 있을까?"

"인간도… 괴물이란 뜻인가?"

"글쎄? 내가 필드의 세력을 모두 차지하고 나서 필드의 지배자로 등극하려 했지만… 크크큭. 역시 필드는 필드로군."

콴은 자조 섞인 목소리로 말하며 웃었다. 하지만 치호는 그런 녀석의 웃음에 동조할 수 없었다. 녀석이 뿌리는 기세가 지금까지 필드에서 만난 그 어떤 녀석보다 강했기 때문이다.

"그나저나… 아쉽게도 주변의 내 아이들이 휘말리고 말았군."

배틀 필드가 넓은 구역으로 펼쳐지다 보니 괴물들이 미처 빠져나가지 못하고 배틀 필드 안에 갇혀 버린 것이다.

그런 괴물들을 보더니 녀석은 나지막하게 말했다.

"모두 나에게로 오라, 나에게 와서 나의 피와 살이 되거라."

녀석이 말이 끝남과 동시에 배틀 필드 안에 있던 모든 괴물들이 콴에게 달려들기 시작했다.

제4장
권태

카드득, 키에엑!

우득, 두득.

배틀 필드에 있던 괴물들이 순식간에 콴에게 몰려들기 시작했고 콴은 몰려든 괴물들을 하나씩 죽여가며 차례대로 괴물들을 흡수했다.

수많은 괴물이 처절한 울음소리를 내며 덧없이 죽어갔지만 기꺼이 콴에게 달려들어 스스로 흡수되는 듯한 모습이었다. 정체를 알 수 없는 기분 나쁜 소리가 배틀 필드를 가득 채우고 있었다.

그럼 모습을 멍하니 바라보고 있던 치호의 등줄기에는 식은땀이 흐르기 시작했다. 점점 녀석에게 느껴지는 존재감이 시간이 흐를수록 커졌기 때문이다.

'제길, 콴 저놈은 대체 뭐하는 놈이야?'

콴은 지금껏 만나본 적 없는 유형의 녀석이었다. 필드가 스킬과 함께 별의별 일이 일어나는 곳이지만 저런 식으로 괴물들을 흡수하고 자신의 힘을 키우는 녀석은 처음이었다.

더욱이 인간이면서 필드의 지배자가 되어버린 콴을 보며 도대체 이게 어떻게 된 일인지 정신을 차릴 수 없었다.

하지만 언제까지 정신을 놓고 있을 수는 없는 일, 지금 이 순간에도 녀석의 존재감은 점점 커지고 있었기에 행동에 나서야 할 것 같았다.

"투사의 발걸음, 세물라의 마력검!"

치호는 망설이지 않고 괴물을 흡수하는 콴에게 달려들기 시작했다. 빠르게 콴에게 가까워진 치호는 이를 악물었다. 그사이 녀석의 모습이 또 변한 것이다.

콴은 괴물들을 흡수하고 흡수한 괴물들의 특성이 발현되는 모양인지 녀석이 가진 뿔은 더욱 크고 단단해졌고 체구는 인간의 것이라고는 볼 수 없을 만큼 커져 버렸다. 더욱이 눈동자마저 붉게 충혈된 것이 정상처럼 보이진 않았다.

'골치 아프군. 일단 더 이상 괴물들을 흡수하지 못하도록!'

치호는 방향을 돌려 녀석의 주변의 괴물들을 처리하기 시작했다. 차라리 지금 괴물들을 각개격파해서 모두 처리하는 것이 낫다고 판단한 것이다.

키에엑!

치호의 〈투사의 발걸음〉이 일으킨 검은 불꽃은 차근차근 영역을 키워 나가 괴물들을 불태웠고, 〈세물라의 마력검〉은 무시무시한 괴물들을 순식간에 두부처럼 썰어나가기 시작했다.

더욱이 〈운명의 동아줄〉까지 발동시켜서 괴물들의 약점을 단숨에 노리니 치호의 파멸의 조각 앞에 한칼 이상 받아내는 괴물들은 없었다.

치호가 빠른 속도로 괴물들을 처리해 나가자 콴도 변화를 느꼈는지 흡수를 멈추고 치호에게 시선을 돌리기 시작했다.

"크르르륵."

콴은 이제 말조차 제대로 할 수 없는 상태가 되었는지 마치 괴물같이 그르렁거리며 하울링을 내기 시작했다.

괴물같은 모습이 되어버린 콴을 보며 치호는 녀석을 사람으로 봐야 할지 괴물로 봐야 할지 감이 잡히지 않았다.

"콴, 이제 말도 제대로 못 하는 거야?"

치호가 콴에게 외치자 그제야 콴도 치호의 물음에 반응하는 것 같았다. 녀석의 반응을 보니 최소한의 말은 알아듣는 것 같았지만 콴은 치호의 물음에 대답하는 대신 그 육중한 몸을 날려 치호에게 돌진하기 시작했다.

"헛! 제길."

치호는 녀석의 돌진하는 것을 알면서도 피할 수가 없었다. 속도가 너무 빨라 피하기는 이미 늦었고 꺼내둔 파멸의 조각의 검면을 앞으로 세워 방패처럼 막아내는 것이 최선이었다.

"크흑!"

콰가가각!

파멸의 조각으로 녀석의 돌진을 막아냈음에도 불구하고 치호는 수십 걸음을 물러날 수밖에 없었다.

그만큼 녀석의 돌진이 강렬했기 때문이다.

"크아아아!"

하지만 콴은 치호가 자신의 일격을 막아냈다는 게 마음에 들지 않는지 거칠게 울부짖으며 다시금 치호에게 달려들었다.

치호 역시 녀석에게 더 이상 공격 기회를 주면 위험하기에 빠르게 기회를 포착해 녀석의 빈틈을 노리기 시작했다.

티잉!

"이런 제길!"

첫 공격으로 콴의 움직임과 힘을 대략적으로 측정한 치호는 콴이 빠르게 쇄도하는 예상 경로를 쉽게 파악할 수 있었다. 돌진하는 공격은 아무래도 직선적 움직임이기에 녀석의 공격을 아슬아슬하게 피한 후 파멸의 조각을 빈틈에 찔러 넣었지만 결과는 치호가 원하는 게 아니었다.

녀석의 단단한 가죽이 파멸의 조각을 방어한 것이다.

거기에 좋지 않은 메시지가 치호에게 떠올랐다.

[내구도 1을 손상시켰습니다.]

떠오르는 메시지에 치호는 인상을 구겼다. 이 메시지가 떠올랐다는 것은 녀석의 가죽이 방어구 못지않게 단단하고 단숨에 가를 수는 없다는 의미와 같기 때문이다.

그런 녀석에게 타격을 입히려면 내구도를 꾸준히 손상시켜 박살 내는 수밖에 없었는데 그렇게 하면 시간이 오래 걸리는 것은 고사하더라도 녀석의 움직임이 너무 빨라 까다로웠던 것이다.

사실 지금까지 필드의 지배자가 저런 외피를 가진 경우에는 상대하기 그렇게 어렵지 않았다. 보통 필드의 지배자들은 거대한 몸을 가지고 있기에 노릴 곳이 많았다.

하지만 지금의 콴은 다르다.

녀석이 괴물을 흡수하고 아무리 몸집이 커졌다고는 하지만 필드의 지배자들과 비교할 수 있을 만큼은 아니기 때문이다.

'더군다나 녀석의 속도도 만만치 않은데… 진퇴양난이군.'

치호는 이를 악물며 녀석의 공격을 피하고 있었다. 치호가
공격을 실패한 후로 녀석은 연속해서 치호를 공격하고 있었
다.

콴은 날카로운 이빨과 손톱을 이용해 치호를 찢어발기려
는 듯 공격을 해왔지만, 치호 역시 녀석의 공격을 힘겹지만
모두 피해내고 있었다.

하지만 힘겹게 공격을 피하는 치호의 모습은 위태롭게만
보였다. 더욱이 콴의 공격 하나하나에 실린 위력은 감히 우
습게 볼 만한 것이 아니었다.

단 한 번이라도 실수하게 되면 그대로 치호의 몸이 반으로
쪼개질 것만 같은 그런 공격들이었기에 치호는 신경을 곤두
세웠다.

'그런데… 이 녀석은 왜 이렇게 난리를 피우는 거야?'

더욱이 치호는 치호 나름대로 전투에 온전히 집중하기가
힘들었다. 그간 조용히 누르고 있던 치호 내부의 녀석들이
위기에 빠진 듯하자 앞다투어 치호의 몸을 차지하려고 나서
려고 들었기 때문이다. 잠시라도 정신의 끈을 놓았다가는 어
떤 녀석에게 몸을 강탈당할지 몰랐기에 치호는 온전히 전투
에 집중할 수 없었다.

"좀 가만히 있어!"

치호는 누구에게 하는 말인지 모를 소리를 연신 외치며 콴에게 대항했고 콴은 낮게 미소 짓는 듯 보였다. 녀석 또한 치호에게 뭔가 문제가 있는 것을 눈치챈 듯 승리를 확신한 모습이었다.

'그 자식이 나온 이후로 통제가 제대로 되질 않아. 빨리 전투를 마무리 짓고 녀석들을 제압해야 하는데……'

불사의 생명을 가진 치호에게 시간은 언제나 든든한 아군이었다. 그 어떤 적들도 시간이 지나면 나약해지게 마련. 그렇기에 언제나 한편이었던 시간이 지금 이 순간에는 치호를 배반한 것이다.

만약 혼자의 몸이었다면 그저 콴에게 목을 내어준 후 다시 살아나면 그만이다. 그리고 부족한 점을 보완해 녀석의 목줄기를 다시 틀어쥐면 그만이지만 지금은 다르다.

지금은 자신이 전투에서 패배하면 수없이 많은 목숨이 덧없이 사라지고 괴물로 재탄생될 것이 뻔했기에 물러설 수 없는 것이다.

다른 녀석도 아니고 이런 콴 같은 녀석이 필드를 차지하게 되면 필드의 미래는 안 봐도 뻔하기 때문이다. 더욱이 놈은 필드를 만든 녀석과 한통속, 그렇기에 더더욱 녀석에게 패배하면 안 되는 싸움인 것이다.

시간은 가면 갈수록 치호에게 불리하게 돌아갔고 치호도 결심을 할 수밖에 없었다. 이렇게 끌려 다니는 싸움을 하면 패배는 불 보듯 뻔하기에 지금까지 한 번도 하지 않았던 결심을 하게 된 것이다.

'좋아, 잠깐, 아주 잠깐만 쓰는 거야. 예전의 내 힘을⋯⋯.'

치호가 무언가를 결심하자 치호를 두르고 있던 검은 연기들도 갑작스레 변하기 시작했다. 그런 위화감을 느낀 콴은 본능적으로 공격을 멈추고 치호와 거리를 벌리기 시작했다.

콴은 인간이었을 때보다 더욱 본능에 민감했기에 자연스레 반응한 것이다. 만약 인간인 콴이었다면 지금 이 순간에도 멈추지 않고 공격했을 테지만 짐승에 가까워진 콴은 자신의 본능에 충실하게 따를 뿐이었다.

콴이 거리를 벌린 사이 치호는 멍하니 하늘을 보고 섰다. 하지만 그런 정적인 치호의 행동과는 다르게 검은 힘은 짙은 안개처럼 빠르게 사방으로 퍼져 나가고 있었다.

"크와아아악!"

치호가 만들어낸 검은 안개는 〈투사의 발걸음〉이 만들어 낸 검은 불길까지 잠식해 가며 빠르게 퍼져 나가기 시작했고, 그런 모습을 경계한 콴이 거칠게 존재감을 드러냈다.

하지만 멍한 표정의 치호는 그런 콴의 위협에도 아무런 반응을 하지 않았고, 그저 멍하니 퍼져 나가는 검은 힘을 바라볼 뿐이었다.

그러길 잠시.

치호의 눈에 초점이 돌아오기 시작한 것처럼 보였다.

하지만 그런 치호의 눈에는 지금까지 보였던 그 어떤 감정도 얼굴에 나타나지 않았다.

그저 지독한 권태감만이 얼굴에 드러날 뿐이었고 그런 치호를 보자니 지금까지 보였던 초조한 모습, 분노한 표정, 당혹스러운 표정 등이 모두 거짓처럼 느껴지는 것 같았다.

더욱이 치호의 얼굴을 보는 것만으로도 그 권태감이 전염될 것 같은 그 모습은 필드에서도 단 한 번도 보여주지 않았던 것이었다.

그런 치호가 마음에 들지 않는다는 듯 한걸음 움직이기 시작했고 그와 동시에 내뱉은 한마디.

"…귀찮군."

위급한 상황에도 불구하고 치호가 내뱉은 한마디는 상황과 전혀 어울리지 않는 말이었다.

더욱이 방금까지 치호 내면의 녀석들이 치호를 호시탐탐 노리고 있던 때와는 달리 지금의 치호는 그런 것 따위 전혀 상관치 않은 모습이었다. 오히려 모든 내부의 치호들이 지금의 치호가 나서자 자취를 감추기 바빴다.

"귀찮게… 이 모습을 다시 드러내게 될 줄은 몰랐는데?"

치호가 하는 말을 보면 치호가 다른 인격에 잠식된 것 같은 모습은 아니었다. 하지만 지금까지 콴과 전투를 하며 보인 치호와는 전혀 다른 태도는 이상하게만 느껴졌다.

그런 치호가 한 걸음 움직일 때마다 검은 안개들은 요동치듯 거칠게 흔들렸다. 아니, 흔들리는 것을 떠나서 마치 파르르 떠는 것처럼 착각이 들게 만드는 검은 안개의 모습이었다.

배틀 필드 안은 치호의 변화로 인해 공기마저 급격하게 얼어붙기 시작했고, 그런 분위기는 콴에게 혼란을 주기 충분했다.

더욱이 콴의 본능은 눈앞에 있는 저 녀석에게 도망가라고 외치고 있었지만 배틀 필드 안이기 때문에 콴이 도망칠 곳은 없었다.

그저 치호가 다가오는 만큼 콴 자신도 모르게 한 걸음씩 뒤로 물러날 수밖에 없었다.

하지만 그것도 잠깐의 방편일 뿐, 어느새 콴의 등 뒤로 배틀 필드의 투명한 벽에 느껴졌다. 물러서던 콴의 등 뒤로 배틀 필드의 투명한 벽이 자리 잡고 있는 것이다.

치호는 그런 콴을 보며 말했다.

"시간을 끌어봐야 귀찮으니까 빨리 끝내자."

치호는 말이 끝남과 동시에 치호의 모습이 사라진 듯 보였고 어느새 콴의 눈앞에 나타나 있었다.

그러고는 단숨에 손을 쭉 뻗었고 검게 물들어 있는 치호의 손은 그대로 콴의 복부를 관통했다가 뽑혀 나왔다.

파멸의 조각으로도 손상시키는 것이 전부였던 콴의 몸뚱이가 치호의 일격에 그대로 관통당한 것이다.

"크아아아!"

콴은 불의의 공격에 미친 듯이 소리를 질렀고 치호는 피묻은 손을 툭툭 털어내며 손에 쥔 것을 펴 보았다.

"일단… 필드의 정수는 회수했군."

치호가 방금 전 공격으로 콴의 배를 관통하며 필드의 정수를 강제로 뜯어낸 것이다. 필드의 정수를 치호가 뜯어갔다는 그 사실을 모르는 것 같은 콴은 그저 고통에 몸부림치고 있을 뿐이었다.

[필드의 정수 (1)을 획득하였습니다.]

"인벤토리."

치호는 떠오르는 메시지를 보며 무심히 인벤토리에 〈필드의 정수〉를 넣어두었다. 마치 그런 치호의 행동은 별것 아닌 것을 주운 것처럼 별다른 기쁨도 만족감도 드러나지 않고 기계적으로 움직일 뿐이었다.

그런 치호의 표정과는 다르게 치호의 앞에 있는 콴은 고통에 몸부림치듯 요동을 치기 시작했다.

그 거구가 고통을 참지 못하고 몸부림치자 흙먼지가 피어올랐고 그런 흙먼지가 짜증 난다는 듯이 치호가 손을 휘휘저으며 말했다.

"귀찮게 이게 뭐 하는 짓이야?"

치호는 그렇게 말하고는 천천히 콴 앞으로 걸어가기 시작했다.

콴은 치호가 다가오자 그 고통 속에서도 치호를 피하려는 듯한 모습을 보였다. 한 세력을 일구고 이 필드를 만든 녀석의 앞잡이 노릇까지 해가며 힘을 얻은 녀석치고는 행색이 말이 아니었다.

다가오는 치호를 피하기 위해 복부를 부여잡고 기어가는 그 모습은 한 세력의 수장이라고는 볼 수 없었다.

"아까는 죽일 듯이 달려들다가 인제 와서 도망가는 이유는 뭐야? 그리고… 배틀 필드가 둘러져 있는데 어딜 가려고?"

치호는 어느새 콴 앞에 서서 내려다보며 말했다.

콴 역시 그런 치호를 올려다보며 낮은 하울링을 토해낼 뿐이었다.

"크르르……"

"그러게… 그딴 짓은 하지 말았어야지. 인간이면 인간답게 행동해야지. 그딴 힘이 뭐가 자랑스럽다고 마구 쓰는 거야? 어?"

치호 역시 자신의 힘이 언제나 저주스럽고 부끄럽기에 최대한 발휘하지 않으려는 경향이 있었다. 하지만 이 녀석은 그런 부끄러움도 모르고 자랑스레 힘을 사용하는 모습이 마음에 들지 않던 것이다.

"필드에서 힘을 얻어서 그런가? 에이… 생각하기도 귀찮군. 그냥 죽어라. 너."

치호는 녀석의 마음을 이해해 보려는 듯하다가 이내 귀찮다는 듯 녀석에게 말했다. 하지만 콴도 그냥은 죽어줄 생각이 없는지 마지막 혼신의 힘을 다해 치호에게 공격을 감행했다.

콴과 치호의 거리는 1m도 채 되지 않는 짧은 거리.

치호가 콴에게 이야기하느라 무방비하게 노출된 상태기에 콴은 마지막 공격을 치호에게 날린 것이다.

하지만 콴이 치호에게 쇄도해 그 날카로운 아가리를 들이밀기 직전 콴의 공격은 막혀 버리고 말았다.

어느새 콴의 몸을 둘러싼 검은 연기가 그대로 콴의 몸을 멈추고 옥죄기 시작했기 때문이다.

"크억! 커헉!"

치호의 검은 연기는 그저 연기가 아니라 물리적 힘을 행사하고 있는 것이다. 콴은 검은 연기가 옥죄는 힘을 감당하지 못했는지 검붉은 기침을 토해내고 있었다.

"되지도 않는 공격은 애초에 하지 말아야지… 쓸데없이 힘빼고 있어. 아무튼, 널 죽이면 배틀 필드가 즉시 해제되겠지? 으흠."

치호는 콴을 처리하기 앞서 뭔가를 고민하는 듯 보였다. 그런 모습을 보던 콴이 말을 하기 시작했다.

"크크크… 기고만장한 꼴하고는."

"호오? 슬슬 정신이 돌아오는 모양이지, 콴?"

검은 연기에 둘러싸여 옴짝달싹 못 하는 콴이 정신이 드는 모양이었다. 게다가 〈필드의 정수〉를 빼앗겨서 그런지 아니면 콴의 스킬이 가진 시간이 다 된 건지 확실치는 않으나 콴이 정상적인 인간의 모습으로 돌아오고 있었다.

"날 죽인다고 해서 네놈이 살아갈 수 있을 것 같으냐?"

"오호. 아직 할 만한가 봐? 아직 그런 말을 하는 걸 보면."

"커헉!"

치호는 콴의 몸을 옥죄고 있던 검은 연기에 조금 더 힘을 밀어 넣었고 그러자 콴은 다시금 피 섞인 기침을 토해냈다.

그런 콴에게 다가가 치호가 빙글빙글 웃으며 말했다.

"미안하지만 난 죽지를 못해."

치호는 진심으로 말했지만 콴은 치호의 그 말을 비아냥으로 들었는지 쓴웃음을 짓기 시작했다.

"크크크, 끝까지 날 기만하는군. 그런 힘을 갖추고 있었음에도 숨기고 있었다니… 알란이 당할 만도 하군."

"알란이라… 그 녀석 때문에 고생 좀 하긴 했지."

"하지만 알란을 죽인 게 네 실수였다. 치호."

"응? 내 실수?"

"그분들께서 네놈의 존재를 확실히 감지하셨다. 네놈이 아무리 강하다고 날뛰어봐야 그분들 밑에서는 한낱 벌레와 같은 존재. 그저 죽음만 기다려라."

치호는 진지하게 말하는 콴의 그 말에 참고 있던 웃음을 터뜨렸다.

"하하하하!"

필드에 와서는 이렇게 크게 웃어본 적 없다는 듯 치호는 눈물까지 찔끔 흘리는 듯한 모습이었다.

그러길 잠시, 치호는 이내 신색을 정리하고 다시금 콴 앞에 서서 말했다.

"아, 오랜만에 시원하게 웃었다. 콴."

"이… 빌어먹을 자식. 더 이상 날 욕보이지 말고 어서 죽여라!"

"그럴 수야 있나? 네가 날 웃게 했으니 너한테 내가 재미있는 걸 보여줄게. 기대해 봐."

콴은 뜬금없는 치호의 말에 어이가 없었다. 자신을 죽일 거라 생각했던 치호가 죽이지는 않고 딴짓만 하고 있기 때문이었다.

처음 치호가 자신에게 나섰을 때만 해도 초조해 보이는 듯한 모습이었는데 지금은 한껏 여유로운 저 표정이 이해가 되지 않는 것이다.

"투사의 발걸음. 세뮬라의 마력검."

치호는 그런 콴의 표정과는 관계없이 난데없이 스킬을 발동하기 시작했다.

이미 콴을 제압해 두었는데 또다시 스킬을 발동하는 모습이 이해가 되지 않았다. 더욱이 지금 발동한 치호의 스킬들은 평소 치호가 사용하는 스킬의 힘이 아니었다.

지금은 극한까지 끌어올린 검은 힘을 함께 사용하는 것인지 검은 불길은 발걸음을 옮기지도 않았는데 순식간에 사방으로 퍼져 나갔고, 〈세뮬라의 마력검〉은 검은빛으로 물들다 못해 모든 것을 빨아들일 것만 같은 흑색으로 요요히 빛날 뿐이었다.

변해 버린 파멸의 조각을 치켜들고 치호는 아직도 무언가 남았는지 나지막하게 중얼거리기 시작했다.

"콴, 잘 봐. 난 말이야… 누가 날 감시하는 걸 아주 싫어하

거든? 아주 불쾌하단 말이야."

"뭐… 뭣?"

"진실이여, 드러나라."

치호가 가진 에픽급 아이템의 세 번째 세트 효과를 사용하기 시작한 것이다. 이것은 〈고통의 조각〉을 얻으며 획득한 효과로 아직까지 한 번도 사용하지 않은 효과였는데 지금 그 기능을 사용하는 것이다.

그렇게 중얼거리고는 눈을 감고 있던 치호는 무언가 걸렸다는 듯 메시지를 확인했다.

[〈광인의 영역 선포〉에 미확인 생명체 1개체 발견하였습니다. 적으로 등록하시겠습니까?]

"등록."

치호는 그간의 태도와 달리 상대를 확인하지도 않고 바로 적으로 등록해 버렸다. 그러고는 녀석의 위치가 확인되자 콴에게 말했다.

"콴, 잘 봐. 네가 믿고 있던 것들이 얼마나 부질없는 것이었는지. 그리고 사죄해라, 네가 행한 그 더러운 짓들을."

콴이 치호에게 무어라 답을 하기도 전에 치호는 어디론가 튀어나가기 시작했다. 그런 콴의 시야에는 점점 치호가 멀어져 갔지만 콴을 옥죄고 있는 검은 힘은 여전히 콴을 압박하고 있었다.

치호는 빠르게 튀어나가 〈광인의 영역 선포〉가 표시되는 곳으로 재빠르게 몸을 움직였다.

하지만 〈관인의 영역 선포〉가 표시하고 있는 지점에는 아무것도 없었다.

배틀 필드에는 오로지 치호와 콴만이 존재할 수밖에 없다는 듯 아무것도 없는 공간이었다.

하지만 치호는 자신의 감을 믿는다는 듯 허공에 대고 그대로 파멸의 조각을 휘둘렀다.

까가강!

허공에 대고 파멸의 조각을 휘둘렀을 뿐인데 도무지 들릴 수 없는 소리가 들린 것이다.

그 소리가 들리자 치호의 입가에는 작은 미소가 피어오르기 시작했다.

"찾았다."

동시에 뻗어지는 치호의 손은 허공에 검은 궤적을 그렸다. 어느새 검게 물든 검은 손이 허공으로 뻗어나갔는데, 마치 공간을 깨부수듯 손이 허공에 박혀 버렸다.

그러길 잠시 치호의 이마에 핏줄이 하나 돋아나는 듯싶더니 허공에 찔러 넣은 손을 거칠게 잡아 뺐다.

"크흑, 이… 이럴 수가!"

허공에서 거칠게 잡아 뺀 치호의 손에는 어처구니없게도 한 인영이 붙들려 나왔다.

공간을 접어 그 사이에 숨어 있던 것인지 아니면 다른 곳에 있던 것인지 확실치는 않았지만 에픽 아이템 세 번째 세트 효과와 치호의 검은 힘이 합쳐지자 말도 안 되는 일을 해낸 것이다.

치호의 손에 붙들려 있는 검은 인영은 마치 그림자 같았는데 실체가 없는 듯한 모습이었다.

그런 해괴한 모습에 치호는 미간을 움직이는 듯하더니 말했다.

"안녕? 난 처음 보는데… 넌 구면인가?"

"마… 말도 안 돼!"

"말도 안 되긴 뭐가 안 돼? 네놈이 감시자인가?"

치호는 검은 인영을 보며 말했지만 검은 인영은 여전히 지금 이 상황이 이해가 되지 않는 것 같았다.

하지만 치호는 그런 녀석의 사정을 봐줄 생각이 전혀 없었다.

콴과 전투를 벌일 때부터 느껴지는 시선에 짜증 나던 터였는데 그 실체를 드디어 잡았기 때문이다.

치호는 녀석을 손에 매달고는 그대로 콴에게 달려가기 시작했다.

그런 치호의 얼굴에는 이미 권태로움보다는 흥미가 가득한 얼굴로 변해 있었다.

"놔… 놔라! 어서 놓지 못할까!"

검은 인영은 아직도 형체를 제대로 드러내지 않고 있었지만 그럼에도 치호의 손아귀에서 빠져나가질 못했다.

배틀 필드가 펼쳐진 이곳은 지금 치호의 검은 연기로 가득 차 있기 때문에 이 배틀 필드 안은 모든 영역이 치호의 통제권이라고 보아도 무방했다.

그렇기에 지금까지 모습을 드러내지 않던 감시자가 치호의 손에 끌려 나온 것이다. 더욱이 치호가 검은 힘을 가감 없이 끌어내고 있기에 배틀 필드 안에 치호에게 반항할 수 있는 존재는 없었다.

"콴, 이걸 봐. 이게 네놈이 믿고 있던 놈이냐?"

"허… 허헉! 감시자시여! 이게 어찌 된 일입니까!"

"콴, 닥쳐라! 이런 테스터 하나 처리하지 못하고 나를 이 지경으로 만들게 하다니! 추후에 반드시 대가를 치러야 할 것이야!"

"죄… 죄송합니다!"

치호는 그런 둘의 대화가 어처구니없게 들렸다. 콴도 그렇지만 이 감시자라는 녀석도 지금 생사 여탈권을 누가 쥐고 있는지 감을 잡지 못한 것 같았다.

"지금 상황 파악 제대로 못하고 있는 것 같은데 말이야?"

"이게 어떻게 된 상황인지 모르겠지만 기고만장하지 마라. 테스터 황치호! 오류가 있는 것 같은데 오류라면 금방 바로 잡으면 될 일, 나에게 손을 댄 이상 네놈에겐 죽음만이 있을 뿐이다!"

"오류? 죽음? 하하하. 오늘은 정말 많이 웃는 날이야, 정말."

치호의 웃음은 방금 전 칸 앞에서 웃었던 것과는 달리 뭔가 텅 빈 듯한 웃음이었다.

그런 웃음을 내보인 치호는 말없이 감시자를 검은 힘으로 둘러싸기 시작했다.

치호의 검은 힘은 감시자라도 상관없는지 강하게 옥죄기 시작했다. 그러고는 천천히 빼어 든 파멸의 조각.

치호는 파멸의 조각에 힘을 불어넣으며 말했다.

"그 오류라는 것, 네 목이 떨어지기 전에 바로 잡아야 할걸?"

그 말이 떨어짐과 동시에 치호는 파멸의 조각을 들어 그대로 검은 인영의 목을 베어버렸다.

쓰컥.

툭.

감시자의 목이 툭 하고 떨어진 것이다. 치호는 그 모습을 보고 쓴웃음을 지으며 콴에게 말했다.

"감시자도… 죽는 모양이야? 그렇지?"

콴은 지금 눈앞에 벌어지는 일이 믿어지지 않아 그저 아무런 반응도 하지 못한 채 멍하니 감시자의 떨어진 머리통을 바라볼 뿐이었다.

치호는 자신이 베어 넘긴 녀석을 보면서도 아직도 검은 힘을 해제하지 않고 유지하고 있었다. 그리고 미심쩍은 듯 슬쩍 감시자의 떨어진 머리통을 보고는 미간을 한번 좁혔다.

"으흠……"

마음에 들지 않는 듯한 침음성을 낸 치호는 일단 콴과의 일을 해결하기 위해 녀석에게 다가갔다.

콴은 감시자가 죽은 것이 믿기지 않는다는 듯 그저 떨어진 머리통을 바라보았다. 그런 콴을 향해 치호가 말했다.

"어때? 이제야 나랑 이야기해 볼 마음이 드나?"

"어… 어떻게, 말도 안 돼! 어떻게 테스터가 감시자를!"

"너 말이야, 잊었어? 여긴 필드라는걸?"

치호의 말에 콴은 그제야 정신을 차린 것 같았다. 치호의 말대로 이곳은 필드다. 상식이 무너지고 비상식이 상식처럼 인식되는 곳이니 복잡한 말을 할 필요도 없는 것이다.

콴 역시 그런 것을 잘 알고 있기에 더 이상 치호에게 묻지 않고 그저 허탈한 웃음만을 지을 뿐이었다.

"크크크… 그 잘난 척하던 감시자 놈들도 별것 없었군. 겨우 이런 자식들에게 난… 크하하하!"

콴은 치호의 검은 힘에 싸여 꼼짝을 못하고 있음에도 불구하고 거칠게 웃음을 토해냈다. 하지만 콴의 그 시원한 웃음은 그저 건조하게만 느껴졌다.

"죽여라."

한참을 웃던 콴이 말했다. 그 표정에서는 한치의 미련조차 남겨지지 않은 듯 시원한 듯한 표정이었다.

그런 모습을 보며 치호는 아직은 아니라는 듯 고개를 저었다.

"아직 안 돼. 궁금한 게 좀 있어서."

"내게? 감시자도 죽인 네 녀석이 내게 궁금할 게 뭐가 있나?"

"감시자 놈들을 찾을 방법. 아니, 이 세계를 만든 놈들에게 닿는 방법을 알고 싶다."

치호의 말에 콴의 눈썹이 절로 꿈틀거리는 것 같았다. 하지만 이내 표정을 바로 하더니 이어서 말을 하기 시작했다.

"네 목표 역시… 그분께 닿는 것이냐?"

"그분?"

"이 세계를 만든 분. 세계의 시작과 끝을 함께하시는 그분 말이다."

"호오? 알고 있는 게 있나?"

"크크크, 너나 알란이나 비슷하군. 알란도 그분을 만나게 해 달라며 내게 왔었는데… 넌 방법은 다르지만 목표는 같군."

콴이 꺼낸 알란의 목표라는 말에 알란에게 가지고 있던 작은 궁금증이 풀렸다. 알란 정도 되는 녀석이 왜 콴 밑에 있는지 궁금했는데 이와 같은 목적이 있었기에 콴의 말을 들은 것 같았다.

치호가 알란을 생각하며 고개를 끄덕이자 콴은 잠시 생각을 하는 것 같더니 이내 말을 이었다. 하지만 그 말은 치호가 원하는 대답은 아니었다.

"안타깝게도 그 방법은 나도 모른다."

"그게 무슨 뜻이지? 모른다니. 그러면 감시자들과는 어떻게 접촉한 거지?"

"애초에 감시자들은 내가 필드에 왔을 때부터 함께해 왔다. 나에게 힘을 얻는 방법을 설명해 주고 네 번째 필드에서 힘을 기르고 있으라 명령했지."

"그럼 알란에게 한 약속은?"

"그것 역시 알란이 내게 왔을 때 저 녀석들이 제 발로 찾아와 알란에게 말했다. 세 가지 일을 처리하면 그분을 만나게 해주겠노라고. 난 그저 감시자가 행하는 일의 대행자였을 뿐이다."

"하… 미치겠군. 네놈 정도 되는 놈이 대행자일 뿐이라니."

치호는 콴의 말에 실망할 수밖에 없었다. 녀석에게 무언가 정보를 얻을 수 있을 것 같았는데 영양가가 없는 말밖에 들을 수 없었기 때문이다.

하지만 그때 콴이 흥미로운 이야기를 꺼내기 시작했다

"그래도 다음 필드로 넘어가면 무언가 알 수도 있겠지."

"그건 무슨 소리지? 다음 필드로 가면 무언가를 알 수 있다니?"

"저들이 내게 네 번째 필드에서 힘을 기르고 지배자로 등극하게 한 이유가 있을 것이다. 아마도 다음 필드에서 역시 누군가 내 역할을 대신하는 자가 있을지도 모르지."

"호오… 다음 필드라?"

"하지만 명심해라. 다음 다섯 번째 필드는 지금과는 전혀 다를 것이다. 나 역시 그들이 말하는 걸 듣고 적당히 추론할 수밖에 없었지만 아마 다섯 번째 필드에서는 많은 것이 변화할 것이야."

"그렇군. 뭐… 다음 필드에 관해 알려준 건 고맙군."

콴은 그 말을 끝으로 조용히 눈을 감았다. 자신의 죽음을 깔끔하게 받아들이는 듯한 모습이었다.

처음 그가 보였던 광기와는 전혀 다른 깔끔한 모습에 치호는 뭔가 꺼림칙한 마음이 들었지만 더 이상 이곳에서 시간을 낭비할 수도 없었다.

지금도 밖에서는 치열하게 싸우고 있을 테니 빨리 정리하고 테마탄의 사태를 정리하는 게 더 나아보였기 때문이다.

"그럼 쉬어라."

쓰컥.

치호의 파멸의 조각이 무정한 검은 빛줄기를 만들어냈고, 그와 동시에 메시지가 떠오르기 시작했다.

[히든 퀘스트—배덕자의 야망—완료]

—인간을 배신하고 인간의 반대편에 선 콴을 처단하는데 성공했습니다. 하지만 테스터 황치호는 비정상적인 방법으로 퀘스트를 수행하였고 더욱이 배틀 필드 안에 있어서는 안 될 다른 존재의 난입 등 여러 가지 변수가 발견되었습니다.

그와 더불어 퀘스트 완료 보상으로 얻어야 할 물품을 강제로 취득한 정황이 포착되었습니다.

하지만 퀘스트에 관한 보상은 지급되는 것이 인과율의 법칙.

그러므로 테스터 황치호에게 다른 보상이 지급됩니다. 또한 지배자를 처단한 업적을 인정받아 통로를 개척할 자격을 드립니다. 당신이 원하는 곳에서 동료와 함께 '통로 개방'이라고 외치면 통로가 즉시 개방됩니다.

―기여도: 황치호 100%

〈퀘스트 보상―에픽 등급 물품〉
〈비정상적 퀘스트 수행으로 다른 보상은 지급되지 않습니다.〉
〈필드의 정수 (1)의 소유권을 인정합니다.〉
〈잠시 후 배틀 필드가 해제됩니다. 준비하세요.〉

"쳇, 인색하군."
치호는 떠오르는 메시지를 보며 혀를 찼다. 처음에 콴의 몸에서 〈필드의 정수〉를 강제로 뜯어낸 것이 문제가 된 모양이었다.
더욱이 감시자까지 모습을 드러내는 등 이번에 콴과의 전투는 묘한 일이 많았기에 보상이 정상적으로 지급되지 않는 듯 보였다.
"그래도 에픽 등급 물품 하나 건졌으니 된 건가? 인벤토리!"
치호는 별달리 확인할 것도 없기에 새로 획득한 물품을 확인하는 게 좋을 것 같았다. 배틀 필드가 해제되려면 조금 기다려야 하는 것 같으니 그사이 획득한 물품이나 확인하려는 것이다.

〈테이퍼의 인연의 사슬―에픽 등급 물품〉

―효과: 필드를 통과하는 통로를 사용해도 지정한 동료와 헤어지지 않습니다.

―내용: 세상이 갈가리 찢어지고 사랑하는 동료를 잃은 테이퍼는 다시는 이런 일이 벌어지지 않도록 외부의 힘을 차단하고 동료를 한데 묶을 수 있는 물품을 만들어 냈습니다. 하지만 테이퍼는 물품이 안정화되기도 전에 목숨을 잃었습니다. 그 때문에 해당 물품은 1회로 사용이 제한됩니다. 신중하게 사용하길 추천합니다.

"호오? 편리한 물건이군. 그런데 1회인 게 좀 아쉽군."

치호의 마음에 드는 물품이었으나 1회라는 부분이 마음에 걸렸다. 하지만 없는 것보다는 나았기에 일단 인벤토리에 넣어두었다.

그사이 배틀 필드가 해제되는지 점점 배틀 필드 밖 테마탄의 전투 소리가 들리기 시작했다.

"조금 더 밀어붙여! 놈들도 힘이 빠졌을 게 틀림없다! 조금만 버티면 어둠께서 우리에게 승전보를 알리실 것이다!"

"이 미친 자식이 누구더라 자꾸 어둠이래! 치호 님은 여신

님이 직접 정하신 신탁의 주인이야! 말은 똑바로 해! 이 자식
아!"

"흥, 지랄. 네놈들이 아무리 우긴다고 해도 진리는 변하지
않는 법! 죽음 교단들아, 이깟 여신의 종자들에게 뒤처져서
어떻게 어둠님을 뵐 것이냐!"

"미친! 여신님이 보고 계시다! 힘을 더 내라!"

배틀 필드가 거두어지자마자 어둠이니 신탁의 주인이니
하는 소리가 들리자 치호는 피식 웃을 수밖에 없었다.

아직도 전투가 끝나지 않은 것 같지만 저런 이야기까지 하
는 걸 보면 어느 정도 여유가 생긴 것 같았다.

"좋아… 그럼 가볼까?"

치호는 산뜻하게 중얼거리며 슬쩍 뒤를 돌아보았다. 치호
의 눈에는 콴이 검은 재로 변해가고 있었고 감시자의 목 없
는 시신이 치호의 검은 연기에 휩싸여 있는 모습이 들어왔
다. 아직 감시자의 시신을 감싼 검은 힘을 해제하지 않은 것
이다.

물끄러미 감시자의 시신을 바라보던 치호가 조용히 중얼거
렸다.

"그런데 말이야, 언제까지 그렇게 있을 거야? 콴도 죽었고
배틀 필드도 해제되었으니 움직일 때가 되지 않았어?"

난데없이 감시자의 곁에 다가가 낮게 읊조리는 치호였다.

마치 목 없는 시신이 살아 있기라도 한 것처럼 곁에 다가가 말을 걸기 시작한 것이다.

"서로 피곤하게 이러지 말자고. 나도 바쁜 몸이야. 내가 이런 허튼 수작에 넘어갈 녀석처럼 보였나 보지?"

치호가 목 없는 감시자 앞에서 비릿한 미소를 띠자 급작스레 감시자의 시신이 변화를 일으키기 시작했다. 지금까지 검은 인영이었던 감시자에게 온전히 형태가 생기기 시작했고 녀석의 모습을 인지할 수 있게 변화하기 시작했다.

그러더니 목이 없던 부분에서 빠르게 생살이 자라나는 듯하더니 새롭게 얼굴이 만들어지고 있었다.

치호는 감시자의 변화를 보더니 그제야 만족스럽다는 듯한 표정을 지었고 슬쩍 파멸의 조각에 손을 올려두었다.

감시자의 변화가 끝나자 온전히 녀석의 모습을 볼 수 있었다.

배틀 필드 안에서는 그저 그림자 같은 검은 인영이었기에 인지할 수 없었지만, 이제는 확실히 감시자의 얼굴을 확인할 수 있는 것이다.

드러난 감시자의 모습은 보통의 인간과 같은 모습이었는데 다른 게 있다면 눈이 있어야 할 자리가 텅 비어 있다는 것이었다.

그 텅 비어 있는 부분을 보고 있자면 마치 빨려 들어갈 것 같은 무저갱 같았는데 마치 치호가 파멸에 조각에 힘을 씌웠을 때 뿜어내는 공허한 어둠과 같은 느낌이었다.

치호는 잠시 그런 감시자의 모습을 눈에 새기는 듯 바라보다가 녀석에게 말을 걸었다.

"반갑다? 구면이라고 해야 하나?"

"건방 떨지 마라. 테스터여."

"나한테 잡혀 있는 주제에 말은 잘하네?"

치호가 말하자 감시자는 그런 치호를 비웃기라도 하듯 피식 웃으며 대답했다.

"아직 제대로 힘조차 사용하지 못하는 너는 아직 내게 닿지 못한다."

그렇게 말하자 녀석을 옥죄고 있던 검은 연기가 마치 진짜 연기처럼 감시자의 몸을 놓아버렸다.

마치 물리력을 상실한 듯한 치호의 검은 힘은 맥없이 감시자를 놓아준 것이다.

그런 모습에 치호는 미간이 꿈틀거렸다. 자신의 힘이 타인에 의해 통제를 벗어났기 때문이다.

하지만 치호 역시 만만치는 않았다. 심적으로는 많이 흔들리고 있었지만 그런 표시를 하나도 내지 않으며 계속해서 말을 이어갔기 때문이다.

"재미있어, 정말 재미있단 말이야. 이 필드라는 곳은? 너희 감시자 놈들은 모두 네놈 같은가?"

"글쎄? 아직 격을 갖추지 못한 녀석이 알아봐야 쓸모없는 것이다."

"그래? 그럼 네놈의 목을 다시 한번 날리면… 그때는 말해 줄 수 있나?"

치호가 살기를 피우며 감시자를 향해 말했다. 하지만 감시 자는 그런 치호를 보며 아쉽다는 듯 말했다.

"아쉽지만 내가 네 번째 필드에서 힘을 드러낼 수는 없지. 정녕 나와 싸우길 원한다면 다음 필드로 오라. 그때는 상대 해 주지. 이곳에서 내가 힘을 사용하는 것은 규율에 어긋나 니까."

"호오… 다음 필드라? 다음 필드에 뭔가 있나 보지? 영 귀 찮아서 그냥 이곳에 머물까 생각하던 중이었는데?"

"후후, 겁먹은 개는 언제나 짖는 법. 다음 필드로 오는가 오지 않는가는 네 결정에 달려 있겠지."

치호가 녀석의 말에 무아라 받아치려고 할 때 주변이 소 란스러워지기 시작했다. 치호의 모습을 테스터들이 알아보 기 시작한 것이다.

그러자 감시자 또한 주변을 의식하는 듯하더니 말했다.

"너와의 인연은 여기까지군. 좀 더 지켜보고 싶었지만… 콴이 이렇게 당할 줄은 생각지 못했군. 다음 필드에서 만나는 것을 기대하겠다. 하하하!"

녀석은 그 말을 끝으로 모습이 점점 희미해졌고 그 존재감 또한 사라지기 시작했다.

치호는 그런 감시자의 모습에 재빨리 파멸의 조각을 녀석에게 휘둘렀지만 이미 녀석은 사라지고 난 후였다.

'다음 필드라… 제길.'

치호는 파멸의 조각을 납검하며 녀석이 사라진 장소를 공허하게 바라볼 수밖에 없었다.

제5장
협상

감시자까지 완전히 사라지고 나자 전장이 급변하기 시작했다. 급작스레 괴물들의 움직임이 변하기 시작한 것이다.

　그런 괴물들을 상대하던 테마탄의 테스터들 역시 급작스러운 분위기가 당황스러운 듯 소란스러워지기 시작했다.

　"어? 자… 잠깐! 괴물들이 갑자기 쓰러지고 있어!"

　"그냥 물러나는 괴물도 있는데? 갑자기 이게 무슨 일이지?"

　"저길 봐! 치호 님이다! 치호 님이 콴을 처리한 거야!"

　"뭐? 헛! 어둠께서 콴을 처리하셨다!"

"개소리하지 마! 신탁의 주인께서 콴을 처단하셨다! 신탁의 주인께서 승리하셨다!"

콴의 시체가 아직 완전히 사라지지 않았기 때문에 그런 콴을 알아보는 테스터가 외치기 시작한 것이다. 더군다나 테마탄으로 미친 듯이 몰려들던 괴물들 역시 힘을 잃고 그대로 쓰러지거나 다시 돌아가는 듯한 움직임을 보이고 있었기에 시선이 치호에게로 집중되는 것은 당연한 일이었다.

'으흠… 녀석의 힘이 사라지니 괴물들에게도 영향을 미치는 건가?'

아마도 지금 쓰러지는 괴물들은 콴에 의해 괴물로 변화된 테스터들인 것 같았다. 콴과 감시자가 사라지자마자 괴물이 힘을 잃고 쓰러져 그대로 검은 재로 사라지고 있었기 때문이다.

'일단 콴 쪽은 일단락 지어진 것 같군. 얀센 쪽은 아직인가?'

주변에서 치호 주위로 몰려들기 시작했으나 그런 테스터들에게 치호는 외치기 시작했다.

"아직 전투가 끝난 것이 아니다. 콴은 내가 처리했다. 하지만 아직 얀센의 무리가 남아 있다! 끝까지 살아남아라!"

치호의 말에 일순 함성이 터져 나왔다. 테스터들은 승리를 예감한 것 같았다. 치호 역시 그런 테스터들을 나무라지 않왔다.

얀센이 끌고 온 병력은 숫자보다 질을 우선시한 병력이기에 이 정도 테스터들의 숫자가 남았다면 어떤 식으로든 승리는 따놓은 것이나 마찬가지였다.

하지만 대진과 일행들이 떠올라 그냥 이곳에서 넋 놓고 있을 수는 없었다. 치호는 재빠르게 얀센 진영과 전투가 일어나는 곳으로 자리를 옮기기 시작했다.

치호는 평상시의 치호로 돌아가지 않은 것인지 아니면 돌아갈 수 없는 것인지 여전히 검은 힘을 끌어 올려 사용하고 있었다. 그런 치호의 움직임은 마치 검은 한 줄기 빛살을 만들어내 순식간에 얀센과 전투가 벌어지고 있는 곳에 도착할 수 있다.

"밀리지 마! 저 미친놈들은 왜 지치지도 않는 거야!"

"공격 자체가 안 들어가! 저 갑옷은 대체 뭐로 만들어진 거야! 스킬이 통하지를 않아!"

"스킬이 통하지를 않기는 개뿔, 네놈이 약한 걸 탓해! 미친 듯이 쏟아부어!"

콴과 전투를 벌이던 곳은 이미 승리를 예견한 듯 들뜬 분위기였지만 이곳은 아직도 전투가 한창이었다. 아직 소식이 제대로 전해지지 않은 듯 치열하게 전투를 벌이고 있는 것이다.

더욱이 대진과 일행들 그리고 로펠로까지 있음에도 불구하고 얀센 측 병력은 꿈쩍도 하지 않은 것처럼 보였다.

처음 치호가 자리를 비웠을 때와 별반 다르지 않은 양상이 펼쳐지고 있던 것이다.

"대진, 상황이 어떻게 된 거지? 어째 아직까지 변화가 없어?"

"헛! 뭐… 뭐야!"

"나다. 황치호."

치호가 곁에 다가가 대진에게 물었으나 대진은 이 바쁜 와중에도 고개를 갸웃거리기 시작했다. 아무래도 치호와 오랜 시간을 함께하다 보니 치호에게서 풍기는 느낌이 뭔가 변한 것을 눈치챈 것이다.

"치호? 어… 분명 치호가 맞는데? 어? 이게 왜 이러지?"

대진은 치호에게서 느껴지는 느낌이 뭔가 변한 걸 느꼈으나 그것이 정확하게 무엇인지 확신하지 못하는 것 같았다. 그렇기에 혼란스러운 대진은 연신 고개를 갸웃거릴 뿐이었다. 그런 대진을 보며 치호는 피식 웃으며 말했다.

"쓸데없이 예민하기는, 이상한데 신경 쓰지 말고 어서 상황이나 말해봐. 어째서 아직 끝나지 않은 거야? 얀센이 그렇게 강해?"

평소와 거의 변함없는 치호의 물음에 대진은 더 이상 생각하기 귀찮았는지 치호의 질문에 대답했다.

"생각보다 얀센 놈들이 보통이 아니야. 무슨 수작을 쓰는지 몰라도 녀석들이 지지치도 않고 장난 아니라니까?"

"아무리 그래도 그렇지. 이렇게 많은 인원이 고작 100명 남짓한 인원을 처리하지 못한 건가?"

"녀석들이 입고 있는 저 갑옷, 아무래도 보통이 아닌 것 같아. 스킬이 통하지를 않아. 통하지 않는 것인지 아니면 그냥 버텨내는 건지 확실하진 않지만, 하여튼 무슨 수작을 부리고 있는 게 틀림없어."

치호는 대진의 말에 얀센의 녀석들이 착용하고 있는 갑옷을 유심히 살피기 시작했다. 하지만 이렇다 할 특이점이 보이진 않았다. 하지만 그렇다고 해서 속단할 수도 없었다. 이곳은 필드라 알 수 없는 기능이 내장된 갑옷일 지도 몰랐기 때문이다.

그때 대진이 걱정스레 치호에게 물었다. 아무래도 반대편 콴 쪽의 전선이 궁금해진 것 같았다.

"그런데 콴 쪽은 어떻게 된 거야? 그쪽으로 간 것 아니었어?"

"맞다. 그쪽에 다녀왔지."

"그럼 콴은? 그쪽 전선은 어떻게 되었는데?"

"아, 콴은 신경 쓰지 마. 처리했으니까."

그런 치호의 말에 대진의 얼굴은 활짝 펴지기 시작했다. 대진 역시 반대쪽 상황이 궁금했지만, 이곳이 급해서 제대로 상황을 파악하지 못한 것이다.

그런데 치호가 콴을 처리하고 왔다고 하니 불안했던 마음이 가시는 듯한 모습이었다.

"크하하하! 그럼 이 얀센 녀석들만 처리하면 테마탄 수성은 성공하는 거잖아?"

"그렇지. 그러니까 조금만 힘내자고."

치호는 그렇게 말하고 다시금 전장에 집중하기 시작했다. 얀센의 전력을 분석하기 위해 면밀히 살피는 것이었다. 하지만 대진은 그런 치호와는 다르게 여기저기 콴이 죽었다는 사실을 알렸다.

"콴이 죽었다! 이제 얀센 녀석들만 몰아내면 테마탄 수성은 성공이다! 그러니 모두 조금만 힘을 내자고!"

연신 외치는 그런 대진의 목소리는 기세를 올리기에 충분했다. 다른 테스터들 역시 대진의 그 말에 희망을 얻기 시작한 것이다.

게다가 콴이 죽었다는 것은 그 어느 때보다 빠르게 퍼져 나가기 시작했고, 그 소식에 힘을 낸 것인지 얀센에게 퍼붓는 공격이 더욱 거세졌다.

하지만 그런 거친 공격에도 불구하고 얀센의 세력은 방금과 마찬가지로 묵묵히 공격을 받아낼 뿐이었다.

마치 상대방이 지치기를 기다리는 것처럼 묵묵히 상대의 공격이 끝나기를 기다리고 있었다.

그런 얀센의 전술을 보며 치호는 미간을 찌푸렸다. 공격을 막아내고 있는 녀석들이 별달리 힘들어 보이지 않았기 때문이다.

'확실히 뭔가 있군. 직접 나서봐야겠어.'

치홍 역시 공격이 통하지 않는 그들을 보며 의아했기에 직접 나서기로 작정했다. 이대로 가다가는 지지부진 시간만 끌 것 같았기 때문이다.

더욱이 치호는 지금 본신의 힘을 끌어 올린 상태이기 때문에 이 상황을 오래 유지하면 유지할수록 본인에게는 그다지 좋을 것이 없었다. 더욱이 이 힘을 유지할 수 있는 시간도 그리 많이 남지 않았기에 빠르게 결정하고 움직이기 시작한 것이다.

"투사의 발걸음, 세뮬라의 마력검!"

두 가지 스킬을 발동시키고 쏜살같이 달려 나간 치호는 그대로 얀센의 병력과 충돌했다.

"크악!"

"뭐… 뭐야! 어떻게 방어가 뚫린 거지? 저놈은 대체 뭐야?"

"전열을 가다듬어! 여기서 흔들리면 안 된다!"

"저 녀석의 공격이 너무 위력적입니다! 수용치를 벗어났습니다! 이대로는 스킬이 완전히 깨질 것 같습니다!"

치호가 단 한 번 검을 휘두른 것뿐인데 얀센의 진영에서는 비상사태가 벌어진 것처럼 긴장하기 시작했다. 그런 소란은 치호에게 좋은 신호였다. 자신의 공격이 어느 정도는 통한다는 뜻이었기 때문이다.

'아무래도 일정 충격량 이하의 공격은 무시할 수 있는 스킬인가보군. 그렇다면… 단번에 깨부수는 수밖에.'

단 한 번의 충돌이었지만 대충 어떤 스킬인지 짐작이 갔다. 그렇기에 치호는 다시금 검에 힘을 끌어 올리기 시작했다. 어설픈 공격을 하니 크게 한 번 날려 스킬 효과를 무용지물로 만드는 것이 우선이기 때문이다.

더욱이 스킬만 박살 낸다면 주변의 다른 테스터들이 달려들 것이기에 더 이상 신경 쓸 필요가 없는 것이다.

하지만 그런 치호는 갑작스레 나타난 한 인물 때문에 목적을 이루지 못했다. 녀석이 뿜어내고 있는 기세가 꽤나 흥미로웠기 때문이다.

'호오… 아마도 저 정도라면? 저자가 얀센인가?'

치호가 다음 공격을 하지 못하도록 얀센이 즉각 나선 것처럼 보였다. 그는 척 보기에도 고급스러워 보이는 갑옷을 두르고 있었는데 전신을 감싼 그 갑옷 때문에 성별조차 파악

되지 않았다.

그런 그가 치호에게 나와 묻기 시작했다.

"네놈… 누구냐!"

"습격한 놈이 누구냐고 물어보면 내가 말을 해줘야 하나?"

"난 강철의 지배자라 불리는 얀센이다. 난 네놈 같은 녀석이 있다는 소문은 들어 본 적 없다. 후우… 정정당당하게 이름을 밝혀라!"

치호의 예상처럼 녀석은 얀센이 맞았다. 치호는 이런 전장에서 정정당당 어쩌고를 외치는 녀석의 태도에 어처구니가 없었지만, 녀석이 나서자 전투가 잠시 소강상태가 되는 것 같았다.

공격하던 테마탄의 테스터들도 수비를 하던 얀센의 테스터들도 두 사람의 대화에 집중하기 시작한 것이다.

그런 치호 주위로 대진을 비롯한 메이, 미소 그리고 로펠로의 일행까지 몰려들기 시작했다. 전투가 잠시 소강상태가 되자 전열을 가다듬기 위해 치호 주변으로 몰리는 것이다.

그런 상황을 유심히 살피던 얀센이 넌지시 물었다.

"네놈이… 로펠로냐? 사이비 종교의 교주처럼 생기진 않았는데… 필드는 필드로군."

치호가 마치 수장처럼 주변을 정리하자 얀센이 착각을 한 것 같았다. 아직 치호에 관한 정확한 정보가 없는 것인지 아니면 이정도로 세력을 장악했을 것이라고는 생각지 않은 것인지 치호를 보고 로펠로라고 생각한 것 같았다.

치호는 그런 얀센을 보며 피식 웃고는 말했다. 녀석이 가진 착각을 깨우쳐 줄 필요가 있기 때문이다.

"난 로펠로가 아니라 치호다. 황치호."

"황… 치호?"

"그래. 뭐… 네 번째 필드에서 너희들처럼 유명한 이름은 아니지만 말이지. 그래도 날 로펠로라고 오해하는 건 그렇잖아?"

치호가 퉁명스레 말하자 얀센을 비롯한 얀센의 테스터들은 술렁이기 시작했다.

테마탄이 생각과 달리 전혀 다른 인물에게 장악당한 상태이기 때문이다. 더욱이 그 인물이 얀센이 영입 대상 1순위로 뽑아 두었던 치호라는 사실은 더욱 놀라게 만든 것 같았다.

"네놈이… 황치호? 드디어 만나게 되는구나. 네 소식은 많이 들었다, 황치호."

"날 알아? 딱히 소문이 날 것이 없었을 텐데?"

얀센이 자신을 알아보는 듯한 태도를 취하자 치호는 궁금한 눈치였다. 하지만 그런 얀센에게 나온 말은 전혀 예상하지 못한 뜻밖의 말이었다.

"단도직입적으로 말하겠다. 황치호. 너 내 밑으로 들어와라."

뜬금없는 얀센의 제안에 치호는 그저 헛웃음이 날 뿐이었다. 하지만 얀센은 치호에게 한 제안이 진심이라는 듯 치호의 대답을 기다리고 있었다.

치호는 자신의 앞에서 당차게 말하는 얀센이 흥미로워지기 시작했다. 흥미롭다고 해서 시간을 끌 수는 없지만, 최소한 대화는 해보고 싶었다.

자신의 대답을 기다리고 있는 얀센을 향해 치호가 한 발짝 앞으로 나서며 물음으로 답했다.

"부하가 되라는 뜻이냐?"

"부하? 겨우 그런 관계로 받아들이지 마라. 네 번째 필드의 인간을 위한 최전선에 선다는 뜻이니까."

"인간들을 위한다고? 재미있군."

치호는 얀센과 말을 나눌수록 녀석은 콴이나 로펠로와는 다른 목적이 느껴지는 것 같았다. 로펠로의 경우는 그저 치호를 기다리면서 치호를 위해 세력을 키우고 있었고, 콴은 감시자에게 명령을 받아 전혀 다른 목적으로 필드를 지배하려고 했다.

하지만 얀센은 그런 둘과는 다르게 뚜렷한 목적을 가지고 세력을 구축한 것 같았다.

'인간을 위해서라… 과연?'

얀센의 말을 곧이곧대로 믿을 수는 없었다. 지금까지 치호가 오랜 세월을 살면서 타인을 위한다는 녀석치고 제대로 된 녀석이 없었기 때문이다.

그렇기에 치호는 슬쩍 얀센을 떠보기 시작했다.

"인간을 위해 싸운다고 했나?"

"그렇다. 네 번째 필드는 괴물들에게 억압되고 인간을 현혹하는 존재가 너무 많아. 그렇기에 네가 가진 스킬과 힘이 탐난다."

"현혹하는 존재라⋯ 그런데 넌 우리를 먼저 공격했던 것으로 아는데? 갑자기 이러는 이유가 뭐지?"

치호는 일전에 얀센의 세력과 전투를 벌인 기억이 있어 물은 것이다. 또한, 갑자기 무슨 바람이 불어 자신을 영입하려고 하는지, 그리고 무엇 때문에 자신이 필요한지 아직 얀센이 밝히지 않았기에 얀센에게 물었다.

그러자 얀센은 그런 치호의 물음에 고개를 흔들며 오해라는 듯 말했다.

"그건 오해다. 원래 네가 네 번째 필드에 왔을 때부터 널 영입하려고 했지만, 번번이 실패한 모양이더군. 그 와중에 가벼운 충돌까지 일어난 모양이고."

"가벼운 충돌⋯ 이라고 할 만한 수준이 아니었는데? 분명 죽이라는 말을 들었는데 그걸 너희 측은 가벼운 충돌이라고 표현하는 모양이지?"

치호의 말에 얀센에게서 느껴지는 기세가 미묘하게 흔들리는 듯한 느낌이었지만 그의 표정은 알아볼 수가 없었다. 아직 강철 갑옷을 해제하지 않고 얼굴까지 완전히 감싼 형태의 모습이기에 표정이 드러나지 않았기 때문이다.

하지만 기세가 흔들리는 것으로 보아 철갑 투구 안쪽의 표정은 보지 않아도 알 수 있을 것 같았다.

"후우… 좋아. 그것은 내가 정식으로 사과하지. 우리 측의 잘못을 시인하겠다. 의도가 어떻게 되었든 좋은 결과는 아니었으니까 말이야."

얀센은 그렇게 말하고 정중하게 고개를 숙였다. 한 세력의 수장이라고는 볼 수 없는 담백한 태도였다.

하지만 얀센 측 진영에서는 그런 얀센을 처음 본다는 듯 기세가 술렁이기 시작했다.

'평소에 이런 모습은 아닌가 보군. 그럼에도 불구하고 잘못한 것을 깔끔하게 시인한다? 과연… 재미있어.'

치호는 얀센을 잘 알지 못하지만 지금까지 대화한 바로는 나쁘지 않은 느낌이었다. 최소한 자신 앞에서 허튼수작을 부리는 것 같은 낌새가 없었던 것이다.

사실 처음부터 그런 기미가 보였다면 더 이상 대화를 할 필요도 없었을 테지만 얀센의 태도 덕에 지금까지 대화가 이어지는 것이라고 볼 수 있었다.

그런 얀센의 태도를 보며 치호는 가만히 생각하다가 다시금 입을 열기 시작했다.

"얀센, 좋다. 네 사과를 받아들이지. 그때 일은 이제 잊도록 하겠다. 그런 의미에서 마지막으로 하나만 더 묻지."

얀센은 치호가 긍정적인 의미로 말을 하는 것 같아 적극적으로 치호의 말에 대답할 자세를 갖추었다. 치호만 자신의 세력에 합류한다면 천군만마를 얻은 것과 같기 때문이다.

하지만 치호와 계속되는 대화는 전혀 예상치 못한 종착지로 향하고 있었다.

"너 말이야. 내가 네 밑으로 들어간다고 하면 대체 뭘 할 생각이지? 말해줄 수 있나?"

"그건 아까도 말했을 텐데?"

"인간을 위한다?"

치호가 말한 것이 정답이었는지 얀센은 고개를 끄덕이며 추가 설명을 하려는 것 같았다.

"그렇다. 아까도 말했듯 내 목적은 인간을 위할 뿐이다. 그렇기에 네 번째 필드에서 인간을 도구로 취급하고 기만하는 자들을 하나씩 처리할 것이다."

"호오?"

"제일 먼저 콴을 처리하고 그다음은 네 곁에 있는 로펠로다. 그 역시 나의 목표가 될 것이다. 로펠로가 인간을 좋지 못한 방향으로 이끈 것은 틀림없으니까."

치호는 얀센의 말을 조용히 듣고 있다가 고개를 가로저었다. 얀센이 전투 중이었기에 아직 정보 획득이 늦은 것 같았기 때문이다.

"얀센, 네 의도는 잘 알았다. 하지만 콴은 이미 내 손에 죽었다. 로펠로 역시 같은 길을 갈 것이고… 그렇다면 더 이상 네게 적이 없는 것인데 무엇을 위해 싸우는 것이지?"

"뭐… 뭣? 그 짐승의 왕 콴이 죽었다고?"

"그래, 방금 전투에서 내가 처리했다. 못 믿겠으면 사람을 보내서 알아보고 와도 좋다."

치호의 자신감 넘치는 말에 얀센은 잠시 고민을 하다가 이내 고개 끄덕였다. 치호의 말을 믿어주겠다는 의미였다.

"짐승의 왕 콴이 죽었다니… 믿을 수가 없군. 그럼 이제… 로펠로만 죽으면 진정한 내 목적이 이루어지는 것인가?"

얀센은 잠시 생각을 하는 듯싶더니 자신의 무기에 손을 올리고 천천히 기세를 끌어 올리기 시작했다.

치호의 곁에 있는 로펠로가 보였기에 그만 처리하면 이 지루한 싸움의 종지부를 찍을 수 있기 때문이었다.

치호는 그런 얀센의 기세를 알아차리고 재빨리 로펠로 앞을 가로막으며 말했다.

"진정해라. 얀센."

"저 로펠로만 죽으면 더 이상 무고한 테스터들의 피가 흐르지 않을 것인데… 여기서 물러설 수는 없지. 네가 내 곁으로 와서 힘을 보태주면 좋을 것 같지만, 이제는 네 말처럼 그럴 필요가 없어졌다. 저 로펠로만 죽으면 모든 것은 원래대로 돌아갈 테니까."

치호가 말리기 시작했지만 얀센은 막무가내로 공격하려는 기세였다. 하지만 그때 로펠로가 나서며 말하기 시작했다.

"얀센이여, 네가 그렇게 안달하지 않아도 네가 원하는 대로 될 것이니 걱정하지 마라."

"그게 무슨 의미지?"

"치호 님은 우리에게 죽음의 축복을 내리기 위해 오신 존재. 죽음은 나에게 구원과도 같다. 치호 님께서 나의 목숨을 취할 것이니 그렇게 안달하지 않아도 된다."

"그게… 진심인가?"

로펠로의 말에 얀센은 반신반의하는 것 같았다. 지금까지 만났던 그 어느 누구도 자신의 죽음에 관에 저렇게 말하는 이가 없었기 때문이다.

"원한다면 죽음의 서약을 써 주도록 하지. 내겐 의미 없는 서약이긴 하지만 네가 원한다면 그리해 주겠다."

얀센은 로펠로의 말에 혼란을 느끼는 것인지 다시금 치호에게 물음을 건넸다. 아무래도 로펠로의 말을 온전히 믿기는 힘들기 때문이다.

"치호, 저 말이 사실인가?"

"들은 대로."

"그렇다면… 로펠로의 죽음에 로펠로를 포함한 너의 서약까지 함께 받을 수 있나?"

얀센은 치호가 서명한 죽음의 서약을 받는다면 안심할 것 같은 눈치였기에 치호는 망설임 없이 대답해 주었다.

"좋아, 대신 죽음의 서약을 넘기면 충돌 없이 물러나겠나?"

"그렇다. 그건 나 얀센의 이름을 걸고 약속하지."

"좋다. 로펠로, 죽음의 서약서를."

치호가 로펠로에게 말하자 잠시 부산스레 움직이는 것 같더니 서약서 두 장을 가져와 빠르게 기록하기 시작했다. 그러고는 피까지 떨구고 얀센에게 넘겨 버렸다.

지금 치호가 힘을 과하게 사용하느라 정신을 온전히 잡고 있을 수 있는 시간이 얼마 남지 않았기에 서두르려는 것이다.

얀센이 건네받은 서약서를 보고 자신의 피를 떨어뜨리자 치호의 메시지 창에 새롭게 메시지가 떠올랐다.

[얀센과 황치호 사이에 죽음의 서약이 체결되었습니다.]

얀센 역시 메시지를 확인했는지 길게 한숨을 내쉬었다. 이 계약으로 인해 어찌 되었건 로펠로는 죽은 목숨이나 마찬가지기 때문이다.

죽음의 서약을 했기 때문에 로펠로는 반드시 죽을 수밖에 없다. 상황이 이상하지만 그런 계약을 체결한 것이다.

얀센은 이런 계약이 성사될지 생각도 못 한 모양인지 다소 맥이 풀린 듯한 표정을 하고 있었고 치호는 그런 얀센에게 말했다.

"얀센, 그렇게 경계할 필요 없다. 다 이유가 있으니까… 네가 원하는 대로 네 번째 필드는 머지않아 보통의 필드처럼 될 거야."

"그렇게 되길 바랄 뿐이지… 그럼 넌 이제 어떻게 할 거지? 만약 갈 곳이 없다면 아까 말한 대로 나의 곁으로……."

얀센은 치호가 자신과 함께하길 원하는 것 같았으나 치호는 고개를 저었다.

"난 다음 필드로 간다."

"군이… 하아, 쓸 만한 녀석들은 전부 다음 필드로 넘어가 버리는군. 그만 만족할 때도 되었건만."

"한번 시작했으면 결착은 봐야지. 그리고 내가 떠나고 나면 남은 로펠로의 식구들을 좀 챙겨주길 바란다. 지도자를 잃고 혼란스러울 테지만 너라면 잘 추스를 수 있을 거다."

"그런 건 걱정하지 않아도 자연스레 변하게 될 거다. 이곳은 필드니까."

얀센의 퉁명스러운 말에 치호는 피식 웃었다. 가끔은 이곳이 필드라는 것을 잊을 때가 있기에 자신도 모르게 웃은 것이다.

"그렇군, 이곳은 필드였지."

치호는 얀센의 말에 씁쓸한 듯 미소를 지으며 등을 돌렸고 테마탄의 테스터들에게 무언가 말하려다 말고 고개만 돌려 얀센을 보며 말했다.

"혼자 네 번째 필드를 감당하기 어려우면 레핀의 도움을 받는 것도 나쁘진 않겠군. 내가 봤을 때 녀석도 꽤나 믿을 만한 녀석이니까."

"레핀이라… 중립 거점으로 세력을 키워가고 있는 녀석을 말하는 거군. 한번 고려해 보도록 하지."

치호는 얀센의 말에 작게 미소를 띠고는 테마탄의 테스터들을 향해 외치기 시작했다.

"테마탄 방어가 성공했다! 전사들이여, 우리가 승리했다!"

짧은 치호의 외침에도 불구하고 그 여파는 엄청났다. 테마탄을 뒤흔들 것 같은 테스터들의 함성이 들린 것이다.

"어둠이여! 믿었습니다!"

"과연 신탁의 주인이시여! 언제나 승리를 향해!"

치호는 그런 테스터들을 향해 다시금 외치기 시작했다. 앞으로 네 번째 필드의 변화에 관해 경고를 해주어야 하기 때문이다.

"이 전투를 끝으로 네 번째 필드에 많은 변화가 있을 것이다. 하지만 이곳은 필드다. 언제나 필드인 것을 잊지 말고 의연하게 대처해라. 너희가 어디에 있던 적은 인간이 아니라 괴물들이라는 것만 잊지 말아라."

치호의 영문 모를 말이 끝나자 테마탄의 테스터들은 그런 치호의 말을 가슴속에 새기려는 듯, 지금 이 순간만큼은 모두 하나가 된 것 같은 모습으로 치호의 이름을 열렬히 외치기 시작했다.

그런 함성 속에 쌓인 치호는 전투가 끝났다는 생각에 맥이 탁 풀리기 시작했고 온몸에 힘이 빠져 쓰러질 것 같았다.

하지만 그때 그런 치호를 붙들어주는 이가 있었다.

대진을 비롯한 미소와 메이였다.

"치호, 혼자 멋있는 척은 다 하고 말이지. 이번에도 정신을 잃거나 하면 안 된다고? 알았어? 모양 빠지잖아."

"아저씨는 싸우기만 하면 기절하는 게 취미예요? 무슨 남자가 그렇게 허약해요?"

"치호 아저씨… 고생하셨어요. 정말로요."

세 사람은 각자가 치호에게 말했지만 모두 얼굴에 미소가 번져 있었다. 그런 세 사람을 보며 치호는 옅게 미소 지으며 말했다.

"고맙긴 한데… 지금은 너무 졸립군. 조금만… 조금만 자고 이야기하자고."

치호는 그렇게 말하고 일행들에게 부축당한 상태로 잠에 빠져들었다. 세 사람은 그런 치호의 모습을 보며 그저 어깨를 으쓱할 뿐이었다.

"치호가 이러니까 진짜 끝난 기분이군. 이번엔 정말 가망 없을 줄 알았는데 이겼어."

"그러게요. 하하하."

"전 처음부터 이길 줄 알았어요."

세 사람은 이야기를 나누며 치호를 부축해 숙소로 향했고, 거점 테마탄은 어느새 승리를 축하하기 위한 축제 분위기로 변모해 가고 있었다.

제6장

수트람으로

테마탄을 감싸고 있던 들뜬 분위기가 한차례 지나가고, 다시금 테마탄에 안정이 찾아오기 시작할 무렵 대진과 일행은 고민에 빠지기 시작했다. 치호가 콘과의 전투 후 눈에 띄게 이상해지고 있었기 때문이다.

"미소, 이런 치호 본 적 있어?"

대진이 미소에게 묻자 미소는 그저 고개를 절레절레 흔들 뿐, 무어라 대답을 하지 못했다. 미소가 답을 하지 못하자 대진은 자연스레 다시금 메이를 처다보았고, 그녀가 발끈하여 대진에게 쏘아붙였다.

"아니, 아저씨. 내가 어떻게 알아요! 그러는 아저씨야말로 뭣 좀 아는 거 없어요?"

"어휴… 글쎄. 나도 치호가 저러는 건 처음 보는데 말이지. 뭐… 저런 치호도 나쁘진 않지만 그래도 뭔가 이상하긴 좀 하지?"

"저게 괜찮다구요? 에… 하긴 아저씨라면 그럴지도?"

"뭐가 어째? 이 망할 계집애가 요즘 좀 조용하다 싶었더니 조금만 기회가 있으면 아주!"

치호의 이야기로 시작한 대화는 대진과 메이의 투덕거림으로 끝을 맺었다. 하지만 미소만은 걱정스러운 표정으로 치호를 떠올리고 있었다.

미소는 아무래도 자신의 과거가 떠올랐는지 요즘 변해 버린 치호의 모습에 약간은 불안한 마음이 있는 것만 같았다.

그때 귀에 익은 목소리가 미소의 그런 상념을 깨웠고 세 사람은 목소리의 주인공을 반겼다.

"또 싸우고 있는 거야? 어휴. 다들 기운들도 넘치는군. 귀찮지도 않아? 하여튼 신기하다니까."

목소리의 주인공, 치호였다.

치호는 테마탄에서의 전투가 끝난 후 모두 회복했는지 특별한 외상은 보이지 않았다. 다만 어딘지 모르게 눈빛이 부드러워진 것 같은 모습이었다.

일행들 역시 그런 치호의 모습이 처음에는 적응되지 않았지만 그런 모습의 치호도 나쁘지 않다고 생각했다. 하지만 진짜 문제는 그런 눈빛 같은 게 아니라 치호의 태도가 많이 변한 것 같다는 게 문제였다.

"그나저나 필드가 항상 이 정도만 됐어도 살 만할 텐데 말이야. 뭐… 심심하다는 것은 여기나 지구나 별다를 게 없지만."

치호의 말에 대진은 슬며시 치호에게 질문했다. 어딘지 모르게 치호가 이곳에서 계속 생활할 것 같은 뉘앙스를 보였기 때문이었다.

"저… 그런데 치호. 언제까지 여기에 있을 거야? 영원의 싸움터가 코앞인데 어서 그쪽으로 가봐야 하지 않을까?"

"응? 영원의 싸움터? 수트람 말하는 거야?"

"그래, 그곳에 가려고 이곳에 잠시 머무른 거잖아. 뭐… 중간에 일이 묘하게 돌아가서 좀 꼬이긴 했지만 말이야."

"그… 그렇지?"

평상시의 치호라면 수트람으로 빨리 가자며 오히려 일행들을 닦달했을지 몰랐다. 하지만 이제는 수트람에 관에 말도 꺼내지 않는 치호였기에 대진이 나서서 물어본 것이다.

"그런데… 뭐 그렇게 급하게 갈 필요 있어? 천천히 가자고. 천천히."

"응? 그래도 되는 거야?"

"급할 게 뭐 있나? 천천히 간다고 해서 퀘스트를 실패하는 것도 아닌데, 뭘. 푹 쉬다 가자고. 오랜만에 평화, 좋잖아? 응?"

"그… 그렇긴 한데, 으흠."

치호의 말이 틀린 건 아니었지만, 어딘가 떨떠름한 표정의 대진이었다. 그런 마음은 대진뿐만이 아니었는지 메이나 미소 역시 같은 표정을 지었다.

그때 일행의 방으로 로펠로와 함께 여신 교단의 쉐이퍼와 스테인이 찾아왔다. 그들 역시 테마탄을 안정시키고 여러 가지 협약을 위해 바쁘게 움직였는지 초췌한 듯한 모습이었다.

하지만 그런 모습을 치호에게 보이지 않으려 애써 감추고 있었다.

"그간 평안 하셨습니까? 어둠이시여."

"아, 로펠로. 오랜만이군."

"제 모든 권한을 여신 교단 측에 넘겨주는 작업을 하느라 바빴습니다. 제 마음 같아서는 지금이라도 당장 치호 님을 수트람으로 모시고 싶었지만 치호 님께서 테스터들을 소중히 여기시는 듯하여 특별히 신경 썼습니다."

"그래? 그랬군. 고생했다."

"아닙니다. 어둠이시여."

로펠로는 치호와 잠시 대화를 나누기 시작했고 그때 쉐이퍼와 스테인이 대화에 끼어들었다.

"신탁의 주인이시여, 저희 때문에 발걸음이 너무 늦어지셨군요. 죄송합니다."

"응? 뭐… 발걸음이 늦어지기까지야. 신경 쓰지 않아도 된다."

"아닙니다. 저희가 괜한 일 때문에 여신님의 신탁을 수행하는 것을 방해한 것 같습니다. 죄송합니다."

치호는 그저 이동하기가 여간 귀찮을 따름이어서 움직이지 않은 것뿐인데 여신 교단 녀석들이 이런 태도로 나오자 난처해지기 시작했다.

게다가 그들의 태도 역시 너무나 정중했기 때문에 치호는 연신 헛기침만 해댈 뿐이었다.

"흠흠, 그럴 것까지는 없는데… 아무튼 빠짐없이 일을 잘 끝내라고. 서두를 필요 하나도 없으니까. 나도 그 덕에 푹 쉬면 좋고… 뭐, 사실 급할 것도 없으니까."

"예?"

"어? 아니다. 열심히들 하라고."

치호는 그렇게 말하고는 자리를 털고 일어났다. 어쩐지 이 자리에 계속 있기는 불편했는지 자리를 옮기는 것이다.

쉐이퍼와 스테인은 치호의 그런 태도에 화들짝 놀라 함께 일어서서 치호를 따라나섰다.

치호의 저런 태도를 처음 보았기에 혹여라도 자신들이 잘
못한 것이 있을까 걱정하여 치호를 따라나서는 것이다.

세 사람이 떠나자 방에는 로펠로와 대진을 비롯한 메이와
미소만이 남아 있었다.

로펠로는 방금 나간 치호의 뒷모습을 보며 무엇인가를 생
각하는 듯했고 대진과 일행들은 그저 한숨만 내쉴 뿐이었
다.

"흠흠. 저… 로펠로. 넌 안 나가봐도 되는 거야?"

"아, 죄송합니다. 어둠님을 생각하느라 제가 정신이 없었군
요. 죄송합니다."

로펠로는 대진이 부르는 목소리에 그제야 정신이 들었다
는 듯 서둘러 자리를 일어났다. 하지만 가려던 걸음을 잠시
멈추고 돌아서서 대진에게 조심스레 물음을 던졌다.

"저… 이런 말씀드리긴 뭐하지만, 치호 님의 태도가 원래
저러했습니까?"

"응? 무슨 뜻이지?"

"아… 아닙니다. 죄송합니다."

로펠로는 대진이 되묻자 황급히 인사를 하고 떠나려는 것
같았다. 그런 모습에 일행들은 잠시 서로 눈치를 주고는 재
빨리 로펠로를 잡았다.

"로펠로, 그게 무슨 뜻이지?"

"아… 별것 아니니 신경 쓰지 않으셔도 됩니다. 제가 어둠님을 모신지가 얼마 되지 않다 보니 조금 착각한 것 같습니다."

"착각? 자세히 좀 이야기해 봐."

"예?"

"아니, 우리도 뭔가 짚이는 게 있어서 그러니까 부담 갖지 말고 말해봐."

대진은 로펠로를 살살 구슬리기 시작했고 로펠로 역시 어차피 치호의 일행들이기에 속일 필요가 없다고 생각한 것인지 천천히 이야기하기 시작했다.

"실은 어쩐지 어둠님에게서 권태로움이 느껴져서 그렇습니다."

"권태?"

"예, 처음 어둠님을 뵈었을 때만 해도 그렇지 않았는데 어쩐지 콴과의 전투 후 권태로움이 느껴져서 그랬습니다."

"역시… 그랬군."

대진은 로펠로의 말에 고개를 끄덕였다. 일행들만 그렇게 느낀 줄 알았는데 로펠로도 그렇게 느꼈다니 치호에게 확실히 문제가 생긴 것이 틀림없었다.

"실은 저희도 치호 아저씨가 요즘 뭐든지 귀찮아하고 시큰

둔한하게 반응해서 곤란하던 차예요. 로펠로, 당신이 말한 콴과의 전투 후에 말이죠."

"허… 정말입니까? 제가 제대로 본 것이 맞습니까?"

로펠로는 미소의 말에 점점 안색이 굳어져 갔다. 치호에 관해 무언가 짐작 가는 게 있는 듯한 모습이었다. 그런 로펠로의 태도에 대진은 재빨리 로펠로를 추궁하기 시작했다.

"뭔가 아는 게 있어? 아는 게 있으면 어서 말해봐. 뭐… 지금의 치호도 나쁘진 않지만 뭔가 맥이 빠져서 말이야."

"허… 대진 님. 만약 지금 제가 생각하는 게 맞다면 그렇게 쉽게 넘어갈 사안이 아닙니다."

"웅? 그게 무슨 소리야? 사람이 좀 귀찮을 때도 있고 하는 거지 뭘 그런 걸 가지고 그래?"

대진은 심각한 로펠로의 반응에 반대로 치호의 편을 들기 시작했다. 어쩐지 로펠로가 심각한 말을 할 것 같기에 덜컥 겁이 났기 때문이다.

하지만 그런 대진을 미소와 메이가 타박했고 다시금 로펠로는 이야기를 이을 수 있었다.

"혹 가벤티아 올브람에 관해 아십니까?"

"올브람?"

로펠로가 꺼낸 올브람이란 인물에 관해서는 대진과 메이는 익숙했지만 미소에게는 생소한 이름이었다.

하지만 메이가 재빨리 로펠로에게 아는 척을 하며 말했다.

"그… 탐색자 올브람 말하는 건가요?"

"역시 알고 계시는군요. 그렇다면 설명하기 쉬울 것 같습니다."

로펠로는 올브람을 알고 있다는 말에 과거를 회상하며 이야기를 꺼내기 시작했다

"실은 저희들은 어둠님을 기다리는 긴 세월 동안 올브람이란 자를 만난 적이 있습니다."

"허… 올브람이 네게도? 대체 그놈은 뭐 하는 놈이기에 다만나고 다니는 거야? 지난번에도 그러고."

"아, 대진 아저씨, 좀 조용히 해봐요. 로펠로 이야기 좀 듣자구요."

메이가 대진의 말을 끊었고 그러자 로펠로는 다시금 이야기를 잇기 시작했다.

"실은 올브람은 저희가 어둠님을 기다리고 있다는 걸 이미 알고 찾아온 것이었습니다. 그러고는 말했죠. 어둠의 권태를 조심하라고 말입니다."

"어둠의 권태를 조심하라?"

"예. 어둠이 권태에 휩싸이면 그가 언제 모습을 감출지 알수 없다고 했습니다. 그리고 그 권태로움이 어둠을 지배할 때 필드 전체에 영향을 끼치고 모든 인과율을 비틀어 놓을

것이라 경고했습니다."

"그게 무슨… 말이 안 되잖아? 그저 치호는 잠시 지쳤을 뿐이라고. 사람이 그럴 수도 있지 뭘 그래?"

대진의 말에 로펠로는 단호하게 고개를 저었다.

"치호 님은 어둠입니다. 대진 님. 일반적인 잣대로는 가늠할 수 없는 분입니다."

"아니, 하… 참. 미치겠군."

대진은 로펠로의 말에 어처구니없어하는 듯한 태도였지만 미소만은 로펠로의 말을 귀담아듣고 물었다.

"그… 올브람이라는 자가 혹시 그럴 때를 대비한 것이 있습니까? 그 상태를 타파할 방법은 없는 건가요?"

"아마 퀘스트가 어둠님을 이끌고 있을 터인데… 흐음. 올브람은 말했습니다. 만약 어둠이 내린 후 그가 권태에 빠져 있다면 그를 인도할 것은 오로지 영웅의 퀘스트뿐이라고 말입니다."

"영웅의 퀘스트?"

"네, 그렇습니다. 수트람이 바로 그것이지요. 하지만 치호 님이 수트람 이야기를 전혀 꺼내질 않으시니… 고민입니다."

로펠로는 치호를 걱정하고 올브람이 말했던 치호의 권태를 진정으로 우려하는 듯한 모습이었다. 더욱이 올브람의 말에 따르면 권태가 계속되면 치호가 모습을 감출지 모른다는 말에서 더욱 불안감을 표하는 것 같았다.

치호가 모습을 감추면 로펠로와 12명의 로브인들이 그리도 기다려 왔던 죽음이 물거품이 될 것 같았기 때문이다.

로펠로가 심각하게 고민하자 곁에 있던 메이가 단호하게 말했다.

"로펠로, 걱정하지 말아요. 저희가 치호 아저씨를 수트람으로 이끌게요. 그러니까 로페로 당신은 수트람으로 떠날 준비를 해 주세요. 아시겠죠?"

"그래도 되겠습니까?"

"네, 저희를 믿고 준비하세요. 말을 들어보니 한시가 급할 것 같아요. 어쩐지 치호 아저씨가 날이 갈수록 점점 심해지는 것 같은데… 이러다가 정말 그 올브람의 말처럼 될까 무섭네요. 차라리 한시라도 더 빨리 수트람으로 떠나는 게 좋겠어요."

"으흠… 알겠습니다. 그럼 내일 떠나는 것으로 하겠습니다. 부탁드리겠습니다. 메이 님."

로펠로는 그렇게 말하고 서둘러 움직이기 시작했고 대진은 그런 메이에게 말했다.

"우리끼리 결정해도 괜찮을까?"

"로펠로의 말도 일리가 있어요. 게다가 수트람으로 가자고 한 건 치호 아저씨였으니까 어떻게든 데려가야죠."

메이는 그 어떤 때보다 단호하게 말하며 치호를 찾아 나서기 시작했다. 치호를 설득하기 위해 서둘러 움직이려는 듯한 모습이었다.

*　　　　　*　　　　　*

"이봐, 치호… 아니, 어둠? 아니면 신탁의 주인 본 적 없어? 이 근처로 갔다는 소리를 들었는데 본 적 없어?"

"응? 대진 님 아니십니까? 어둠님을 왜… 함께 계시는 것 아니었습니까?"

"에이씨, 헛소리 말고 빨리 본 적 있어 없어, 그것만 말해."

대진은 치호를 찾아 나섰지만 며칠째 치호가 보이지 않았다. 로펠로와의 대화 후 치호를 찾아 나섰지만, 도무지 치호가 어디로 갔는지 행방이 묘연했기 때문이다.

"대진 아저씨, 치호 아저씨는 어디로 갔는지 찾았어요?"

"아니, 거점의 테스터들도 제대로 모르는 모양이야. 대체 어디로 간 거지?"

"아우! 하필 로펠로한테 찜찜한 이야기를 듣자마자 이런 일이… 어서 찾아봐요."

"그런데… 로펠로의 말처럼 진짜 어디로 사라져 버린 건 아니겠지?"

"에이, 또 재수 없는 말할 거예요? 치호 아저씨가 어디로 가긴 어디를 가요! 성벽의 테스터들한테서 누군가가 나가는 것은 못 봤다고 들었으니까 아직 거점 내에 있는 게 틀림없어요."

메이는 아직 치호가 테마탄 안에 있다는 것을 확신이라도 하듯 대진에게 말했다. 그리고 다시금 치호를 찾아 나서려는 듯 흩어지려는 찰나 미소가 일행에게 황급히 다가왔다.

"메이! 알아냈어! 치호 아저씨가 어디 있는지 알아냈어!"

"에? 정말이에요? 그게 어디예요!"

"따라와, 여기서 이러고 있을 시간이 없어 또 어디론가 가 버릴지 몰라."

미소의 말에 대진과 메이 역시 고개를 끄덕이고는 황급히 미소를 뒤따랐다. 요 며칠 사이 치호의 행방을 제대로 찾지 못한 세 사람은 또다시 허탕을 칠까 두려워 재빨리 움직이는 것이다.

세 사람이 걸음을 멈춘 것은 거점의 한구석에 자리를 잡은 허름한 대장간이었다.

걸음을 멈추고 그 대장간 앞에 섰을 때 세 사람의 귓가에는 청명한 망치질 소리가 들릴 뿐이었다.

까강. 깡.

박자에 맞춰 들려오는 청명한 망치질 소리가 듣기 좋았지만 그런 소리나 감상할 시간이 없었다. 한시라도 치호의 얼굴을 보고 싶었기 때문이다.

"저… 실례합니다."

"응? 누구요?"

"저는 대진이라고 하고 이쪽은 메이, 미소입니다."

"오호라? 이번 전투에서 활약했던 어둠님의 사제들이구려?"

"사… 사제? 흠흠."

대진은 대장간의 주인처럼 보이는 노인의 사제라는 소리에 두드러기가 나는지 몸을 부르르 떨었고 그런 대진의 모습을 보며 메이가 한숨을 쉬고 재빨리 나서서 말을 이었다.

"할아버지, 실례지만… 혹시 어둠 아저씨가 여기 왔어요?"

"응? 어둠 아저씨? 클클클. 재미있는 호칭이구려?"

"할아버지, 빨리요. 급하단 말이에요."

"어둠님께서 어디 가는 것도 아닌데 뭘 그렇게 서두르나? 어둠님이라면 저 안쪽에 계시다우."

노인의 말에 세 사람의 얼굴에 화색이 돌기 시작했다. 로펠로의 말처럼 어디론가 사라지지는 않을까 하는 걱정이 들기 시작한 시점에 치호를 찾아 마음이 한시름 놓인 것이다.

"치호 아저씨!"

"치호, 거기 있어?"

노인의 말에 세 사람은 누가 먼저랄 것 없이 대장간 안쪽으로 들어가며 치호를 불렀다.

그러자 안쪽에서는 반가운 목소리가 들렸다.

"웅? 표정들이 왜 그래? 하암."

치호는 세 사람이 다급하게 부르는 목소리에도 그저 한가롭게 기지개를 켜며 세 사람을 맞았다.

그런 치호의 모습은 무얼 했는지 여기저기가 검게 그을려 있는 모습이었고, 더욱이 방금까지 잠을 자다가 일어났는지 눈을 비비는 모습이었다.

"아저씨! 걱정했잖아요! 지금까지 어디 있었던 거예요?"

"웅? 걱정하긴 뭘 걱정을 해? 또 누가 쳐들어왔어? 네 번째 필드에 적이 더 있던가?"

"아니… 그게 아니라 아저씨가 어디로 가버렸는지 알고 얼마나 놀란 줄 알아요?"

"내가 가긴 어딜 가? 여기가 지구도 아니고 가봐야 네 번째 필드일 텐데 그런 귀찮은 짓을 왜 해? 아, 아니구나? 다른 필드로도 갈 수 있지?"

치호는 문득 자신이 가진 〈토트샤의 깃털〉이 떠올랐는지 손뼉을 쳤다. 〈토트샤의 깃털〉은 사용자가 기억하고 있는 곳으로 단숨에 이동할 수 있는 아이템이지만 지금껏 치호가 단 한 번도 사용한 적 없는 아이템이다. 하지만 이내 귀찮다는 표정으로 말했다.

"아니지, 다른 필드로 가봐야 또 개싸움이나 할 텐데 여기가 편하지. 그럼, 그럼."

치호의 말에 세 사람은 어처구니가 없는 것 같았다. 지금의 치호 모습은 도무지 적응되질 않았기 때문이다. 하지만 메이는 그런 치호의 모습의 한숨을 얕게 내쉬며 궁금한 점을 묻기 시작했다.

"에휴… 아무튼 대체 여기서 뭘 하고 있던 거예요?"

"응? 대장간에서 할 게 뭐가 있어. 물건 좀 만들려고 왔지."

"물건?"

치호의 말에 메이를 비롯한 두 사람이 귀를 쫑긋 세웠다. 치호가 물건을 만들었다는 소리에 흥미가 생긴 것이다.

"미소, 이거나 받아. 뭐… 쓸 만할 거다."

치호는 무심히 말하면서 품 안에서 물건 하나를 꺼내 미소에게 가볍게 던졌다.

"어? 네?"

미소는 치호가 던지는 물품을 받아 들었지만 갑작스러운 치호의 행동에 당황하는 듯한 모습을 보였다.

"이게 뭐예요?"

"아우, 그냥 쟤네들한테 물어봐. 아니면 아이템 설명을 보던지. 에이… 그냥 만들지 말걸 그랬나? 괜히 귀찮네."

치호는 귀찮다는 말이 입에 붙었는지 연신 귀찮다는 말을 뱉고는 다시금 누워버렸다. 그러자 미소는 손에 들린 물품을 들어 대진과 메이에게 보여주었다.

"어? 이건 〈등불 호신부〉?"

"치호, 이걸 어떻게 만든 거야? 이건 필드의 정수가 있어야 만들 수 있는 것 아니야?"

"이걸 만드느라 여태껏 대장간에 있었던 거예요?"

미소의 손에 들린 것은 감시자들의 시야에서 벗어나게 해주는 〈등불 호신부〉였다. 치호가 잠적한 사이 〈등불 호신부〉를 만들고 있었던 것 같았다.

"뭐… 인벤토리에 잡다한 게 많아서 정리하려는데 이번에 얻은 필드의 정수를 버리긴 뭐하더라. 그래서 만들어 놨다. 필요 없으면 버리던가."

"에이, 치호 아저씨도 참, 이걸 만들 거였으면 먼저 말해주면 좋았잖아요. 괜히 걱정했네."

"뭘 귀찮게 그런 걸 말해? 잔소리하지 말고 얼른 가. 대장간은 따듯해서 자기 딱 좋단 말이야."

치호의 말에 세 사람은 안도의 미소를 지었다. 아무래도 로펠로가 말한 것처럼 지독한 권태에 빠진 듯한 모습은 아니었기 때문이다. 만약 로펠로가 우려한 대로 권태에 빠졌다면 이런 물품 따위는 만들지 않았을 것이 틀림없다.

이런 물건을 스스로 만들 정도라면 로펠로가 말한 정도는 아닌 것으로 생각되어 안심해도 될 것 같았다.

"아저씨. 고마워요. 이 물건 잘 쓸게요."

미소는 필드에 들어와서 처음으로 직접 만든 물품을 타인에게 받았는지 〈등불 호신부〉를 꼭 쥐며 말했다.

하지만 치호는 그저 귀찮다는 듯한 모습을 보일 뿐이었다.

그런 모습에 대진은 지금이 기회라는 듯 슬쩍 치호에게 가서 말을 붙이기 시작했다.

"저… 치호, 슬슬 수트람으로 가야 하지 않을까?"

"응? 자꾸 왜 수트람으로 가려는 거야? 여기서 좀 푹 쉬어도 되잖아? 가면 또 귀찮은 일만 잔뜩 생길걸? 그러니까 여기서 쉴 수 있을 때까지 만이라도 푹 쉬자고."

"하지만 수트람에 가지 않으면 수트람에 가는 것보다 귀찮은 일이 생길 것 같은데?"

"더 귀찮은 일? 으… 뭔데? 또 무슨 일이 있는 거야?"

치호는 일행들과 길게 이야기하는 것도 마음에 들지 않는 듯한 태도였지만 대진의 귀찮은 일이라는 것이 치호의 관심을 끄는 데 성공한 것 같았다.

이런 모습을 보면 확실히 콴과의 전투 전후로 치호가 많이 변한 것이 틀림없었다. 하지만 그런 생각을 티 내지 않으며 대진은 계속해서 말을 이었다.

"잊었어? 얀센 말이야, 얀센."

"얀센? 그 계집이 왜?"

"계집?"

뜬금없이 얀센을 계집이라고 칭하는 치호의 말에 대진은 일순 말문이 막혔다.

치호는 얀센과 직접 대화하며 그녀의 기세를 온몸으로 받아낸 당사자로서 얀센의 성별 따위는 이미 파악한 지 오래였다.

하지만 굳이 그 이야기를 하면 대진과 일행들이 설레발 칠 것 같아 말을 아꼈다. 괜히 설명하느라 귀찮은 일을 싫지 않았기 때문에 그저 말을 얼버무리며 대화를 이어나갔다.

"아니, 하여튼 얀센이 왜? 또 테마탄을 노리겠대?"

"어? 아… 그게 아니라 얀센이 물러날 때 조건을 걸었던 것 잊었어?"

"조건? 아… 죽음의 서약?"

"그래, 그게 지켜지지 않으면 또 쳐들어올걸? 게다가 그렇게 되면 네 목숨도 위험하고 말이야."

"상관없… 흠흠."

치호는 무언가를 말하려다가 헛기침을 하고는 하려던 말을 끊었다. 치호 자신은 죽음의 서약이 어떻게 되든 관계없었지만 그런 자신의 능력을 일행들에게 아직 말해두지 않았기 때문이다.

그런 말 못 할 상황에 그저 지금 상황이 마음에 들지 않는지 투덜거리기 시작했다.

"그때 그냥 얀센의 처리해 버릴걸 그랬나? 귀찮은 일을 만들어놨네. 멍청이가 따로 없군."

치호가 투덜거리는 소리에 대진은 얕은 미소를 짓기 시작했다. 치호가 움직이려는 모습을 보였기 때문이다.

"으… 그럼 수트람만 해결하고 나서 로펠로 녀석을 처리하면 문제없겠지?"

"그래! 잘 생각했어. 어서 가자고."

"또 준비하려면……."

"아니에요! 벌써 준비를 다 마쳤어요! 아저씨는 몸만 움직이면 돼요."

"오, 그래? 그건 마음에 드는군. 오래간만에 좀 쉬어보려고 하는데 에휴… 내 팔자가 그렇지 뭐."

치호는 가볍게 투덜거리기 시작했고 대진을 비롯한 일행들은 그저 피식 웃을 뿐이었다.

이런 치호가 적응되진 않았지만 나쁘지는 않았다. 그저 로펠로의 말처럼 치호가 어디론가 사라질 거라는 말만 없었다면 굳이 치호에게 퀘스트를 종용하지 않았을 것이다.

하지만 로펠로가 말한 올브람이란 녀석의 말은 무시할 수가 없었다. 올브람과 치호가 엮인 일들을 알고 있는 일행으로서는 그저 헛소리로 치부할 만큼 가벼운 말이 아니었기에 어쩔 수 없이 치호를 수트람으로 이끄는 것이다.

"아, 뭐 해? 빨리 가서 처리하고 푹 쉬자고."

"어? 아. 그래. 어서 가자. 로펠로가 기다릴 거야."

"헤헤, 어서 가요!"

메이는 투덜거리는 치호의 팔짱을 재빨리 끼우며 로펠로가 기다리고 있는 곳으로 안내했다.

이전의 치호였다면 메이가 이런 행동을 하지 못했을 것이다.

하지만 어쩐지 친근감이 드는 지금의 치호 모습에 메이는 용기를 내 치호의 팔짱을 끼우며 어리광을 부렸고 그 모습을 본 대진이 당황하며 말했다.

"이 계집애가! 얼른 팔 안 빼?"

"얼씨구? 아저씨가 무슨 상관이래요?"

"허! 치호 애 좀 뭐라고 해봐! 다 큰 계집애가 저렇게 가벼워서야 되겠어?"

"으, 이놈이나 저놈이나… 다 어리면서 귀찮게 하지 말고 저리로 가서 놀아!"

치호의 뜻 모를 말에 메이와 대진은 약한 멍한 표정을 지

었지만 그걸 바라보는 미소는 그저 키득거리며 웃을 뿐이었
다.

하지만 치호는 이 상황이 마음에 들지 않는다는 듯 한숨
을 푹 내쉬며 다시금 길을 걸었고 대진과 메이, 그리고 미소
까지 합류한 일행들은 다시금 움직이기 시작했다.

치호의 변화에 일행들 역시 다소 소란스러워진 것 같았지
만 수트람으로 향하는 발걸음만은 힘이 실려 있는 듯 느껴졌
다.

                    *   *   *

"기다리고 있었습니다. 어둠님."

치호는 대진과 일행들이 이끄는 대로 자리를 옮기자 그곳
에는 로펠로와 12명의 로브인들이 기다리고 있었다.

그들은 각자 배낭을 한 짐이나 지고 있는 걸 보면 벌써 메
이의 말대로 벌써 준비를 끝내놓은 것 같았다.

"그 망할 놈에 어둠, 어둠 소리 좀 그만해. 기분 나쁘게 누
가 어둠이야. 난 황치호야."

"치호 님에게 이름이 의미가 있던가요?"

"거참. 에휴, 네 맘대로 해라."

치호는 로펠로에게 무어라 말을 하려다가 일행들의 시선

이 신경 쓰여 더 이상 말을 삼갔다. 눈치 빠른 대진이나 메이 녀석이 귀찮게 꼬치꼬치 캐물을 수 있기 때문이다.

"아무튼 뭐… 준비는 끝난 것 같으니까 얼른 가지. 이번 일만 끝내면 더 이상 귀찮게 굴지 마. 알았어?"

"죄송합니다. 어둠님."

로펠로가 치호의 말에 사죄하기 시작했고 로펠로를 뒤따르던 12명의 로브인들마저도 함께 고개를 숙였다. 그런 모습에 치호는 뭐가 그리도 심통이 났는지 퉁명스레 이야기했다.

"쓸데없는 데 힘 빼지 말고 어서 가자고. 망할 놈의 퀘스트인지 뭔지 후딱 해치워 버리고 푹 좀 쉬자."

"알겠습니다. 제가 앞장서겠습니다."

로펠로는 최대한 공손히 치호에게 말하고는 재빨리 수트람으로 안내하기 시작했다.

수트람으로 떠나는 인원은 그리 많지 않았다.

치호 일행과 함께 로펠로를 포함한 12명의 로브인들이 전부였다.

로펠로가 치호가 하려는 일의 특성상 최대한 필요 없는 인물은 배제하고 정말 필요한 인물들만 추린 것이다.

알란이 사용해 버린 〈차림의 뿔피리〉로 인해 테마탄 인근의 괴물이란 괴물은 모조리 씨가 말라 버렸기에 특별히 괴물들을 신경 쓸 필요가 없는 것도 로펠로가 최소 인원을 꾸리는데 결정적인 근거가 되었다.

"로펠로, 그나저나 얀센에 관한 소식 들었어? 뭐 하고 있대?"

대진은 길을 떠난 후 한참의 시간이 지나자 심심했는지 로펠로와 대화를 나누기 시작했다. 로펠로 역시 그런 대진의 물음에 성심성의껏 답을 하기 시작했다.

"얀센은 현재 콴의 세력을 흡수하고 있다고 합니다."

"콴?"

"그렇습니다. 치호 님이 콴의 목숨을 취했기에 붕 떠버린 콴의 세력을 흡수해 필드의 안정을 도모하고 있더군요."

"콴 쪽은 후계자나 그런 거 없대? 얀센이 세력을 흡수하는 데 고생하지는 않고?"

"글쎄요. 아마 후계자 따위는 없는 것 같습니다. 오히려 콴이 사라지자 얀센을 반기는 눈치라더군요."

로펠로의 말에 대진은 고개를 끄덕였다. 그때 본 콴의 힘은 정말 구역질이 나기 짝이 없었는데 그런 콴의 힘이 사라지자 기다렸다는 듯이 세력을 이탈하는 것 같았다.

"그리고 얀센이 구중립 세력을 중심으로 힘을 키우던 레핀과 우호적 관계를 맺은 것 같습니다. 아직 진행 중인 것 같지만 말입니다."

"에? 그 레핀 말하는 거야? 녀석 출세했네?"

"출세라… 그런가요?"

로펠로는 대진의 말에 그저 쓴웃음을 지을 뿐이었다. 필드에서 출세라고 해봐야 사상누각 같은 덧없는 자리라는 걸 이미 로펠로는 경험을 통해 아는 것이다.

그 때문에 로펠로는 죽음 교단을 이용한 탄탄한 세력을 만들었음에도 오로지 죽음만을 원했다. 치호와 비견할 수 없지만, 그래도 꽤 오랫동안 살아온 로펠로는 이미 심신이 지칠 대로 지쳐 버린 것이다.

그런 지쳐 버린 심신을 기댈 곳은 오로지 치호였다. 치호가 올 것이라는 단 하나의 희망만을 품고 지금까지 버텨냈기에 그깟 권력 따위는 로펠로의 눈에는 그저 쓸모없는 힘과 같았다.

하지만 그런 로펠로의 마음을 알 리 없는 대진은 로펠로의 웃음에 그저 헛기침만을 할 뿐이었다.

"흠흠… 그건 그렇고 수트람에는 언제쯤 도착하는 거야? 꽤 오래 이동한 것 같은데?"

"지금도 빠르게 이동하고 있는 것입니다만… 조금 속도를 높일까요? 그러면 오늘 저녁쯤에는 당도할 수 있을 것입니다."

"그래? 치호 어때?"

"마음대로 해라, 마음대로."

치호는 귀찮다는 듯 이야기했고 대진은 다른 일행들에게

도 물어 결정을 내렸다.

"로펠로, 그럼 오늘 저녁은 수트람에서 먹는 걸로 하자고?"

"알겠습니다. 최대한 빨리 이동해 보겠습니다."

로펠로는 점차 속도를 높이기 시작하자 일행들은 정신을 똑바로 차리고 로펠로의 뒤를 쫓아야 했다. 로펠로의 속도는 무시할 수 있는 것이 아니었기에 잠시라도 정신을 딴 곳에 팔았다가는 일행을 놓칠 수도 있었다.

하지만 그런 일행들을 뒤쫓는 치호는 그저 귀찮음이 한가득인 표정이었다.

"잠깐!"

해가 저물고 어느새 칠흑 같은 밤이 찾아왔지만 로펠로 일행은 멈추지 않고 이동을 하고 있었다. 하지만 그런 움직임은 치호의 한마디에 멈춰졌다.

"무슨 일이십니까?"

"여기서부터 도메로, 아니, 수트람의 영역이던가?"

"영역 자체로 따지면 그렇긴 합니다만… 수트람에 도착하려면 조금 더 가야 합니다."

"아니, 그럴 필요 없을 것 같아. 나한테 퀘스트 메시지가 떠올랐거든."

치호의 말에 일행들은 일순 집중하기 시작했고 치호 역시 갱신되어 떠오른 메시지를 읽으며 내용을 확인하기 시작했다.

[에픽 퀘스트—여정의 장]

—발동 조건:

1. 필드의 지배자 와린에게 인정받은 자.

2. 진실의 조각을 소유한 자.

3. 벨리안의 후손에게 필드의 정수를 건넨 자.

—내용: 진실을 알기 위해 필드를 넘어 이곳 영원의 싸움터 '수트람'까지의 긴 여정을 수행한 당신의 집념에 경의를 표합니다.

영원의 싸움터는 과거 영웅 세크가 최후의 전투를 치렀던 장소이자 모든 슬픔의 연쇄가 시작된 저주의 땅이기도 합니다.

그런 이곳에 영웅 세크가 남긴 안배가 숨어 있습니다. 그 영원의 싸움터에서 숨겨진 진실의 조각을 찾고 진정한 자신을 돌아보기 바랍니다.

[진실의 조각 1/3]

—영원의 싸움터 '수트람'에 입장하시겠습니까? 영원의 싸움터에서 패배하면 영원히 수트람을 벗어날 수 없습니다. 신중하게 선택하세요.

"응? 수트람에 입장하겠냐고?"

치호는 떠오른 메시지를 보며 고개를 갸웃했다. 지금 향하는 곳이 영원의 싸움터 '수트람'을 향해 가는 길인데 메시지에서는 수트람으로 입장하겠냐는 영문 모를 메시지가 떠오른 것이다.

그런 치호의 태도에 일행들이 궁금했는지 다가와 묻기 시작했다.

"치호, 왜 그래? 퀘스트에 문제라도 생긴 거야?"

"어? 그건 아닌데… 흠. 수트람으로 입장하겠냐는데?"

"응? 그게 무슨 소리야? 우리한테는 그런 메시지 뜬 게 없는데? 퀘스트가 공유돼 있는 상태일 텐데… 왜 안 뜨지?"

"대체 뭐가 뭔지 모르겠군."

그렇게 말하고는 로펠로와 일행들에게 새롭게 갱신된 퀘스트 내용에 관해 하나도 빠짐없이 이야기하기 시작했다. 그러자 로펠로가 고개를 끄덕이며 이야기를 하기 시작했다.

"아무래도 수트람은 다른 공간에 있는 곳 같습니다."

"다른 공간?"

"예, 어둠님께서도 필드의 지배자들을 상대해 보셨다면 아실 겁니다. 그들이 나타나는 방식을요."

"아… 그건가?"

치호는 예전 키테그람이 나타나는 방식을 떠올렸다. 공간을 찢고 나오는 듯한 그 모습을 떠올린 것이다. 더욱이 얼마

전 감시자 또한 그 공간의 틈바구니에 숨어 자신을 관찰하고 있었기에 누구보다도 잘 알고 있었다.

그런 치호의 표정을 보고는 로펠로는 확신에 찬 듯 말했다.

"그럼 이곳 수트람은 그곳으로 향하는 문일지도 모르겠습니다. 오로지 자격이 있는 자에게만 허락된 문 말입니다."

"흐음… 그런가?"

치호는 로펠로의 말에 고개를 끄덕였다.

발동 조건을 완벽하게 충족시킨 것은 오로지 자신밖에 없었기 때문이다.

하지만 이내 얼굴을 찡그리며 말했다.

"어? 그럼 뭐야. 나만 가야 한다는 뜻이야?"

"아무래도 그런 것 같습니다."

"아, 왜? 으… 이래서 내가 왠지 오기 싫었다니까? 나한테만 귀찮은 일을 잔뜩 미루는군."

치호는 자신만 수트람으로 가야 한다는 이 사실이 마음에 들지 않았다.

아무리 생각해도 수트람이란 곳에 가면 전투를 치러야 할 것 같은 뉘앙스였는데 자신만 그곳에 가야 한다니 귀찮아진 것이다.

"같이 가는 방법 없나?"

"저도 그러고 싶지만… 도리가 없군요."

"허… 치호, 위험한 건 아니겠지?"

대진과 일행은 퀘스트의 진행보다 치호가 걱정되는 듯한 눈빛이었으나 그들 역시 지금 이 상황을 타파할 방법은 없는 것 같았다.

"후… 어쩔 수 없군. 여기까지 왔는데 그냥 돌아갈 수도 없잖아? 돌아가면 얀센 녀석이 귀찮게 할 게 뻔하고… 진퇴양난이군. 마음에 안 들어."

치호는 툴툴거리면서도 결정을 내린 것 같았다.

"아저씨, 수락할 생각이에요?"

"별수 있어? 수락할 테니까 조금 기다려봐. 뭐… 문 같은 거라도 나오려나?"

치호는 결정하자마자 망설이지 않고 말했다.

"수트람으로 가겠다."

"자, 잠깐만요! 그렇……."

치호가 퀘스트를 수락하는 말에 메이가 황급히 그런 치호를 말리려 했지만, 말을 끝맺을 수 없었다.

아니, 끝맺지 못한 게 아니라 그대로 멈추어 버렸다.

'이건 또 뭐야?'

치호가 말을 끝내자마자 일순 주변의 시간이 멈춰 버린 듯한 모습이었다.

메이는 말을 무어라 말을 하려는 듯한 모양새 그대로, 그리고 대진과 메이는 걱정스러운 표정 그대로 멈춰 굳어져 버린 것이다.

"시간이… 멈춘 건가?"

로펠로나 다른 일행들 역시 움직이던 그대로 멈춰 버린 기묘한 광경에 치호가 넋을 빼고 있을 때 새롭게 메시지가 떠오르기 시작했다.

[10초 후 수트람으로 진입합니다.]

[9]

[8]

…….

"나 참, 무슨 수트람으로 가는 문이라도 생기는 줄 알았는데 이런 식이었군. 시간이 멈춘다? 재미있군."

싸움에서 지면 수트람에서 벗어날 수 없다는 의미가 이런 것인가 하는 생각이 들었지만, 아직 속단하기 일렀다.

그런 것은 수트람으로 진입한 후 판단해도 늦지 않다.

[4]

[3]

…….

"확실히 필드는 필드야. 썩 지루하지만은 않겠어?"

[1]

[0]

[수트람으로 이동합니다.]

메시지가 끝남과 동시에 치호의 발끝부터 검은 그림자가 순식간에 타고 올라 치호의 전신을 감싸 안았고, 그 순간 치호의 몸은 그 그림자가 만들어낸 어둠 속에 빨려 들어간 것처럼 종적도 없이 사라져 자취를 감추고 말았다.

하지만 치호가 어둠에 빨려들어 사라졌음에도 불구하고 남겨진 일행들은 여전히 그대로였다.

그런 멈춰진 시간 속에서 오로지 치호만이 영원의 싸움터 수트람으로 입장한 것이다.

제7장

치호 ㅣ

어둠.

카운트가 끝나고 치호의 시야가 일순 어둠에 휩싸인 순간 치호를 덮쳐온 것은 끝없는 어둠이었다.

눈을 뜨고 있어도 분간할 수 없는, 지금까지 본 적도, 들은 적도 없는 깊은 어둠이 치호를 덮친 것이다.

"……"

치호는 자신을 감싸고 있는 어둠 속에서 그저 때를 기다리고 있을 뿐이었다. 이런 어둠 속에서 어디가 위인지 어디가 아래인지, 혹은 어디가 앞인지 뒤인지도 구분되지도 않는 혼란이었기에 그저 가만히 힘을 빼고 기다릴 수밖에 없었다.

이곳이 퀘스트의 말처럼 영원의 싸움터라면 자신이 상대해야 하는 적이 저 어둠 속에서 자신의 빈틈만을 노리고 있을 터, 단 한순간도 긴장을 풀 수 없는 것이다.

하지만 그러한 긴장 상태를 유지하는 것도 한계가 있는 법, 끝없는 어둠 속에서 기약 없는 적을 기다리던 치호는 점점 지쳐갔다.

"…이거 대체 뭐야?"

사방을 둘러싼 어둠 속에서 치호의 낮은 목소리가 울려 퍼졌다. 하지만 그런 물음에 답해주는 이는 아무도 없었다. 더욱이 치호가 중얼거린 소리는 깊은 어둠 속에 묻혀 버린 듯 먹먹할 뿐이었다.

"싸움터라며? 그러면 뭐가 있어야 할 것 아니야?"

치호는 한 치 앞도 볼 수 없는 어둠 속을 성큼성큼 걸으며 툴툴거리기 시작했다. 긴장된 시간 속에서 아무리 기다려도 느껴지지 않는 적 때문에 짜증이 나기 시작한 것이다.

괜히 긴장한 채로 있던 자신이 바보처럼 느껴진 것이다.

"대체 시간이 얼마나 흐른 거지?"

치호는 시간이 얼마나 흘렀는지 알 수가 없었다. 이 기묘한 공간에서는 공복감도 느껴지지 않고 목마름도 느껴지지 않는 상태였기에 시간이 얼마나 흘렀는지 감이 오지 않는 것이다.

더욱이 끝없이 걸음을 옮겨도 계속되는 어둠은 치호에게 짜증을 불러일으키기 충분했다.

"사람을 이런 데로 불러냈으면 뭔가 있어야 할 것 아니야? 뭐… 그런데 생각보다 썩 나쁘지만은 않은데?"

치호는 툴툴거리면서도 어둠을 느끼기 시작했다. 어둠에 속에 너무 오래 있어서 그런지 아니면 느껴본 적 없는 깊은 어둠이기에 오히려 편하게 느껴지기도 한 것이다.

어쩌면 자신이 원하는 죽음을 맞이했을 때 이런 기분이 아닐까 하는 생각이 들었다. 그렇기에 치호는 문득 편안한 감정이 든 것이다. 이 칠흑 같은 어둠이 어쩐지 낯설지만은 않게 느껴졌다.

물론 지금 치호를 감싸고 있는 어둠은 치호가 그렇게 쉽게 생각할 정도의 어둠이 아니었다.

만약 이 공간에 다른 사람, 아니, 날고 긴다고 하는 그 어떤 테스터가 온다고 하더라도 끝없는 고독감과 불안함, 그리고 공포 때문에 스스로 자멸의 길을 걸었을 것이다.

그만큼 이 어둠은 지독한 어둠인 것이다. 하지만 치호는 그런 어둠이 자신을 덮쳤음에도 불구하고 오히려 편안한 감정을 느끼는 것 자체가 기묘한 일이었다.

그럼에도 이런 감정을 느끼는 것은 치호의 긴 삶 속에서

친구처럼 함께 지내온 동반자와 같은 감정이기 때문이었다.

수많은 인간 사이에서 오로지 자신만이 다른, 긴 삶을 영위하는 치호로서는 삶 자체가 고독인 것이다.

군중 속에 있지만, 홀로만 있다는 그런 고독감을 느꼈던 치호에게 오히려 아무것도 없는 진실한 이 어둠이 오히려 친근감을 불러일으켰다.

아이러니하게도 삶 속에서 고통스럽게 치호를 괴롭혔던 그 고독감이 지금은 힘이 되어 치호를 버티게 해주는 힘이 된 것이다.

마치 지금까지의 삶 속에서 자신이 느꼈던 바로 그 고독이 실체화된 듯한 공간이었기에 오히려 친숙함을 느끼고 편안한 감정을 느끼게 된 것이다.

"언제까지 이러고 있을 거야?"

치호는 어느새 움직이던 발걸음을 멈추고 그대로 털썩 주저앉았다. 더 이상 걷는 것은 의미가 없었다.

사방 어느 곳을 보든지 깊은 어둠이 깔린 이곳에서 걷는 것은 무의미하게 느껴졌기에 걸음을 멈추고 그대로 주저앉은 것이다.

하지만 어둠 속에서 주저앉은 치호의 얼굴에 드러난 것은 포기나 두려움의 감정이 아니었다.

권태.

지독한 권태가 치호를 덮친 것이었다.

지금 치호의 표정은 필드에서 대진이나 메이, 미소가 걱정
하던 것과는 차원이 달랐다.

보는 것만으로도 치호의 권태가 전염될 것 같은 그 모습
은 일견 로펠로가 경고하던 바로 그 모습인 것 같았다.

지독한 어둠 속에서 치호의 깊은 감정이 다시금 살아나
본래의 완벽한 치호의 모습을 일깨운 것이다.

콴과의 전투, 그리고 연이어 나타난 감시자로 인해 잠시
본신의 힘을 사용하려던 치호는 완벽하게 자신을 컨트롤하
지 못했다.

본신의 힘을 드러내며 잊혔던, 아니, 잊어야 했던 감정이
깨어나 버린 것이다.

그 감정이 바로 치호가 삶 속에서 가장 경계했던 권태로움
이다.

그 권태로움이 조금씩 고개를 치켜들며 필드에서의 치호
의 행동을 조금씩 변화시키고 있었는데 급작스레 이런 지독
한 어둠이 치호를 덮치자 그 권태로움이 완벽하게 살아난 것
이다.

권태로움이 지배하는 치호에게 더 이상의 의욕도, 힘도 없
어 보였다. 오로지 자신을 감싸고 있는 이 어둠이 푸근하고

만족스럽게 느껴질 뿐이었다.

어쩌면 그렇게 찾아 헤매던 죽음이 바로 이런 모습이 아닐까 하는 생각들, 그리고 그냥 여기서 깊은 잠에 빠져든다면 이것이야말로 진정한 죽음이 아닐까 하는 생각들이 머릿속을 점하기 시작한 것이다.

지독한 권태는 치호에게 그저 이 푸근한 공간에서 평화로운 안식을 맞이하기를 원하는 것 같았다.

그편이 힘든 죽음을 찾아 헤매는 것보다 편하고 귀찮은 일도 없으니까.

하지만 그런 치호의 신경을 거슬리는 무엇인가가 하나둘 느껴지기 시작했다.

"하… 좀 쉴까 했더니, 또 뭐야?"

치호가 힘겹게 고개를 들어 무언가 아른거리는 곳을 향해 고개를 들었다. 힘없이 고개를 든 것이지만 치호의 눈빛만은 그 어느 때보다 사나워 보였다.

자신의 평안을 방해했다고 느껴진 것인지 그 어느 때보다도 짙고도 매서운 살기를 풀어헤친 것이다.

이런 살기는 콴을 상대할 때도, 그 어떤 적을 상대할 때도 보이지 않았던 치호의 고유한 기운이었다.

더욱이 지금의 치호 모습은 어쩌면 자신이 가진 본신의 힘을 모조리 끌어낼 수 있는 상태였다.

그 누구의 눈치도 볼 필요 없었고 그 누구도 자신을 제지하는 이가 없는 혼자만의 공간, 그렇기에 유감없이 자신의 힘을 마음껏 풀어헤치는 것이다.

치호가 힘을 끌어 기운을 끌어 올리자 마치 어둠이 떨리는 듯한 기분까지 들었지만 그런 것과는 아랑곳없이 치호가 느끼는 기척들은 점점 가까워지기 시작했다.

"…재미있군?"

치호는 자신이 본신의 힘을 마음껏 뿜어냈음에도 불구하고 아랑곳없이 다가오는 것들이 궁금해지기 시작했다.

자신이 이 정도 힘을 풀어냈다면 어느 정도 반응이 있어야 할터, 하지만 자신에게 점차 다가오는 것들은 아무런 반응도 없이 점차 가까워지고 있었다.

치호가 흥미로운 표정으로 어둠을 응시하자 점차 그 존재들이 실체를 갖추어 나타나기 시작했다.

하지만 치호는 나타난 이들을 보며 콧방귀를 실망했다는 듯한 목소리로 말했다.

"흥… 난 또 누구라고, 괜히 힘만 뺐군."

어둠 속에서 정체를 알 수 없는 것들이 나타났다면 으레 할 수 있는 반응이 아니었다. 더욱이 그 존재들의 기척은 지금도 점점 불어나고 있었기에 저런 태도를 보일 만한 것은 아니었다.

하지만 치호의 귀찮다는 듯한 태도는 의문을 불러일으키기 충분했다.

바로 그때 치호에게 가장 먼저 다가오던 기척의 주인이 말을 하기 시작했다.

"오랜만이다, 황치호? 직접 대면하기는 그때 이후로는 처음인가? 그나저나 꼴이 말이 아닌데?"

치호에게 말을 걸고 있는 이는 치호였다.

치호와 같은 모습으로, 치호와 같은 장비를 착용하고 같은 상처를 가진 또 다른 치호의 모습이었다.

하지만 그가 가지고 있는 표정만은 달랐다.

본신의 치호는 권태로운 감정이 묻어 있는 얼굴이었다면 지금 치호에게 말을 걸고 있는 또 다른 치호는 호기심과 흥미가 가득한 얼굴이었다.

그런 녀석에게 치호는 한숨을 내쉬며 말을 하기 시작했다. 마치 저 녀석들이 나타난 이상 안식은 없다는 것을 깨달았는지 말을 시작한 것이다.

"또 무슨 잔소리를 하려고 나타난 거야? 여기에서 그냥 푹 쉬면 안 돼? 그냥 쉬자고. 여기가 죽음인 것 같은데 말이야."

"죽음? 잔소리? 크하하하하!"

치호의 말에 치호의 분신은 웃음을 참지 못하고 호탕하게 웃어넘기기 시작했다.

치호의 말에 어처구니가 없었기 때문이다.

"치호, 지금 우리가 나타난 걸 보면 모르겠어?"

"말하지 마."

"알면서 왜 외면하려고 하지?"

"거참… 그냥 쉬자. 어? 언제까지 이 짓을 반복해야 하는데?"

치호는 귀찮다는 듯 치호의 분신에게 말했지만, 분신은 그런 치호에게 당연하다는 듯이 말을 하기 시작했다.

"언제까지긴, 진정한 죽음으로 우리를 안식에 들게 할 때까지지. 네가 약속했잖아? 그래서 우리가 네 안에서 잠자코 있는 거고. 그러니 진정한 죽음……."

"잠자코 있기는 개뿔, 호시탐탐 기회를 노리는 것들이."

치호는 툴툴거리며 말했지만 약속했다는 부분에서 한숨을 내쉬기 시작했다. 수많은 자신의 분신과 했던 오래된 약속이 떠올랐기 때문이다.

그런 치호의 모습을 보던 분신은 얕게 미소를 띠우며 말했다.

"진짜로 우리 모두가 네 몸을 노렸다면… 알잖아? 네가 지금까지 버텨낼 수 없었다는 걸."

"하아, 그래서 이런 안식으로는 만족 못 하겠다는 거야? 이 정도면 꽤 괜찮은 장소 아니야? 나름 푸근하기도 하고…

나름 괜찮잖아?"

치호의 말에 분신은 그저 고개를 저으며 말했다.

"뭐, 몇몇은 인정할 순 있어도… 알잖아? 우리 모두를 납득
시켜야 한다는 걸. 그리고 이럴 거였으면 날 깨우지 말았어
야지. 그랬으면 좀 더 편했을지도 모르는데, 아무래도… 날
깨운 게 문제겠지?"

"하… 하필 네놈이 깨어날 줄은 몰랐지. 귀찮을 줄 알았지
만… 제길. 하필 네놈이 알란 때문에 깨어날 줄은."

치호와 대화를 하고 있는 녀석은 알란과의 전투에서 깨어
난, 치호와 가장 근접했던 힘을 가진 바로 그 성격인 것 같았
다.

호기심.

본신의 치호가 주된 성격이 권태로움에 기인하고 있다면
지금 치호 앞에 선 녀석의 주된 성격은 호기심이었다.

게다가 녀석은 그 성격 때문인지 그 어떤 인격보다 강한
힘을 가지고 있으며 치호와 가장 근접한 녀석이기도 했다.

더욱이 호기심뿐만 아니라 성격이 오만하고 자존심이 강
한 녀석이기에 치호가 녀석을 긴 세월 동안 잠재워 둔 것인
데 녀석이 알란과의 전투 중 충격으로 깨어난 것이다.

치호는 녀석과 대화를 나누며 한숨을 푹 내쉬었다.

녀석이 깨어난 후로 제대로 풀리는 일이 없었다. 테마탄의

전투도 그랬고 지금도 마찬가지다. 그냥 이곳에서 긴 여정을 끝마칠 준비를 했으나 그렇게 쉽게 일이 마무리 지어질 것 같지 않았다.

"그래서 나보러 어쩌라고?"

하지만 치호로서도 지금 이 공간을 어찌할 수 없기에 짜증을 담아 녀석에게 말했다.

그러자 녀석은 얕게 미소를 띄우며 말했다.

"알고 있잖아. 우리가 힘을 합치면 이 정도 공간 따위 깨부술 수 있다는 걸."

치호의 분신은 흥미롭다는 듯 말했지만, 그와 반대로 치호는 얼굴이 구겨지기 시작했다.

치호의 짜증 섞인 말에 치호와 대화를 나누던 분신은 미소를 띠면서 대답했다.

"우리가 전부 네 앞에 선 걸 보고도 모르겠어?"

"하아… 정말 그 미친 짓을 다시 하자는 거야?"

분신의 말에 치호 역시 녀석이 무슨 말을 하는지 대번에 알아듣는 것 같았다. 하지만 대답하는 치호의 표정은 일그러지기 시작했다.

치호는 녀석이 원하는 것이 무엇인지 알지만 여간하기 싫은 듯한 표정이었다. 그런 표정을 보며 분신은 재미있겠다는 듯이 말을 이어나갔다.

"언젠가 이런 일이 있을 거라고 생각 안 했어?"

"하아… 귀찮게 이러지 말자. 어? 그냥 푹 쉬는 것도 나쁘지 않잖아. 필드? 그까짓 거 어떻게 되든 무슨 상관이야?"

치호는 녀석이 바라는 것이 정말 하기 싫은지 분신을 설득하기 시작했다.

"감시자? 그때 내 안에서 지켜본 너희들이라면 알잖아. 녀석들은 실체도 없는 녀석들이란 걸. 그까짓 놈들 처리하려고 지금 그 미친 짓을 다시 하자는 거야?"

"하하하, 그러니까 더욱 녀석들을 쳐부숴야지. 건방지게 실체도 없는 놈들이 우릴 기만해? 더욱이 안식을 방해하기까지? 그걸 참을 수 있는 거야?"

"하아… 그냥 적당히 넘어가지. 미치겠군."

치호는 한 발짝도 물러서지 않으려는 분신을 어떻게 말릴 방법이 없었다. 녀석이 저렇게 나와 버린 이상 치호가 원하든 원하지 않든 일이 진행될 것 같았기 때문이다.

"그래… 미칠 노릇이지. 건방지게 이딴 필드라는 이상한 공간에 우리를 처박아두고 관찰해? 도무지 참을 수가 없단 말이야."

분신은 한 발짝 치호의 앞으로 나서며 말을 계속하기 시작했다.

"그러니까 우리가 다시 힘을 합칠 때가 아니겠어?"

"하아… 어쩔 수 없군."

"그래, 잘 생각했다. 우리를 잠재웠을 때처럼 다시 한번 붙어 보자고! 게다가 이 공간의 이름도 영원의 싸움터잖아? 예전처럼 적당히 끝낼 생각은 하지 않는 게 좋아."

녀석의 말이 끝남과 동시에 수많은 분신들이 치호에게 달려들기 시작했다.

치호에게 달려드는 모든 분신들은 각자가 검은 힘을 운용하고 있었다.

어떤 이들은 검은 힘을 몸에 두르는가 하면, 어떤 이들은 검은 힘을 실체화시켜 기묘한 형상의 무기를 만들어 사용하는 이들도 있었다.

더욱이 검은 힘을 넓게 흩뿌려 그 어둠 속에 숨어 기회를 노리는 분신도 있었다. 마치 치호의 지난 경험들이 다시금 치호를 덮치는 것처럼 치호의 기술을 한 가지씩 모두가 가지고 있었다.

"후우… 이 미친 짓을 다시 하게 될 줄이야. 좋아. 한번 놀아주지! 와라!"

치호 역시 파멸의 조각을 쥐고 자신의 분신들을 향해 나아가기 시작했다. 분신들과 치호가 다른 점이 있었다면 다른 이들은 검은 힘을 마구 뿜어내며 사용했지만 치호는 반대였다.

오히려 치호가 분신 한 명을 베어 넘길 때마다 그 분신들이 운용하던 검은 힘이 치호에게 흡수되는 것이다.

마치 분신들이 가지고 있는 모든 힘과 경험을 다시금 자신이 흡수하기라도 하듯 한 명을 베어 넘길 때마다 스스로를 흡수해 가는 것이다.

치호가 미친 듯이 검을 휘두르기 시작했고 수많은 분신은 그런 치호에게 달려들기 시작했다. 하지만 그런 분신들 중에서도 시큰둥한 반응을 보이는 분신들도 있었다.

"뭐… 난 싸울 수만 있으면 상관없긴 하지만 힘을 합치는 것도 나쁘지 않겠지? 게다가 이런 싸움은 내 취향이 아니라고. 날 베라, 황치호."

"고맙다."

분신의 말에 치호는 망설임 없이 녀석을 베고 힘을 흡수하기 시작했다. 치호에게 나서는 분신이 있는가 하면 치호를 지지하는 녀석들도 있는 모양이었다.

"효율을 위해서라면… 굳이 힘 뺄 필요 없지. 날 베라. 그리고 죽음이란 약속을 지켜라."

"건방지게 본좌의 영역을 침범하다니. 치호, 죽음 이전에 반드시 우리를 기만한 그 녀석의 숨통을 끊어놓아라!"

"달무르의 저주에 고통받는 자를 잊지 말아라. 치호, 그들의 목숨을 거두어주는 것 역시 네 의무다. 이런 곳에서 허튼 시간을 낭비하지 말고 약속을 지켜라."

스스로 몸을 내어주는 본신들은 각자의 염원과 치호에게 해야 할 일을 당부했고, 그 말을 끝으로 검은 힘으로 화해 다시금 치호에게 흡수당했다.

"후우… 부담되게 이 자식들이. 귀찮은 일만 잔뜩 시키는 군."

치호는 거친 호흡을 내쉬면서도 녀석들이 하는 말을 하나하나 잊지 않으려는 듯했다. 하지만 그런 치호의 짧은 휴식도 허락하지 않는다는 듯이 또다시 분신들이 덮쳐오기 시작했다.

"네놈 하는 짓이 답답해서 못 참겠다! 모조리 죽이면 될 터! 쓸데없이 인간을 챙기기나 하다니!"

"다음 세대의 몸은 내가 차지한다! 그리고 이 필드의 모든 여자들을 내가 가지겠어!"

"이곳에서라면 진정한 의학을 완성할 수 있어. 콴을 봐라! 저 힘이 탐나지 않느냐? 인간이 어디까지 변할 수 있는지 실험해 볼 좋은 기회이지 않느냐! 그냥 내게 몸을 맡기고 네놈은 그렇게 좋아하는 잠이나 처자고 있어라!"

치호에게 달려드는 분신들은 제정신이 아닌 놈들도 꽤 있었다. 그들의 목적은 치호의 몸이었다. 이곳에서 치호를 처리하고 그 힘을 자신이 흡수하면 치호의 몸을 영원히 강탈할 수 있기 때문에 치호에게 미친 듯이 달려드는 것이다.

하지만 그런 제정신 아닌 녀석들에게 당할 치호가 아니었다.

"그딴 헛소리할 거면 닥치고 내 안에 흡수되어서 힘이 되어라!"

파멸의 조각은 그런 헛소리를 하는 분신들을 빠르게 처리해 나갔다. 하지만 치호가 파멸의 조각을 휘둘러 분신들을 처리해 나감에도 분신들은 끝도 없이 나오는 것만 같았다.

"후우… 이래서 이 미친 짓을 하기 싫었는데 진짜 끝도 없군."

치호는 이마에 흐르는 땀방울을 닦아내며 다시금 몰려드는 분신들을 상대할 뿐이었다.

"약속을 지켜라… 황, 치호."

"걱정하지 마. 네놈들의 마음은 알았으니까."

짙은 어둠 속에서 단 한 명의 치호만 남았다.

결국 수많은 자신들과의 싸움에서 최후의 승자는 황치호 본인이었다. 하지만 치호는 승리에 취해 환호성도 지르지 않았고 기쁨에 찬 표정도 짓지 않았다.

치호는 결과가 이리 될 것을 이미 알고 있었다는 듯 그저 당연한 결말이라는 듯한 표정을 지을 뿐이었다.

"짜증 나는군."

아무리 분신들이 치호에게 달려들었다지만 오리지널인 치

호를 이길 수는 없는 것이다. 어설픈 정신력을 가지고 있었더라면 분신들의 공격에 이미 정신이 흔들려 스스로를 잃었을지도 모르지만, 치호는 아니었다.

오랜 시간 동안 단련된 정신과 함께 반드시 이길 거라는 확신이 있었다. 그렇기 때문에 치호는 처음부터 이 싸움을 두려워하지 않았다. 그저 귀찮아했다.

최후에 서 있을 자가 자신이란 걸 확신했기에 그저 이런 전투가 귀찮게 느껴졌을 뿐이었다. 하지만 지금 이 순간에는 그 승리자가 누가 되었다는 게 중요한 것이 아니었다.

치호 자신이 직접 감정을 분리하고 힘을 나누어주었던 녀석들의 힘이 합쳐지자 치호의 내부에서는 수많은 감정들이 휘몰아치면서 자신이 분리하고 약화시켰던 힘들이 발버둥치기 시작한 것이다.

"크흠."

치호의 목구멍으로 피가 솟구쳐 올랐고, 온몸의 혈관이 불뚝불뚝 튀어나오기 시작했다. 흡수한 힘들이 모두 자신의 힘이라지만 급작스레 늘어난 힘이 적응이 되지 않는지 몸이 거부반응을 보이는 것이다.

"쿨럭."

치호는 무릎을 꿇어 피를 토하기 시작했고 두 눈은 붉게 충혈되기 시작했다. 금방이라도 몸이 펑하고 터져 버릴 것 같은 모습이었지만 치호는 이를 악물었다.

"진정해라. 이 멍청한 놈들아."

누구에게 하는 말인지 모를 소리를 중얼거린 치호는 파멸의 조각을 바닥에 박아 넣고 그대로 자리에 털썩 주저앉았다.

그리고 눈을 감고는 천천히 스스로의 내부를 관조하기 시작했다.

소용돌이치는 자신의 힘을 진정시키고 미친 듯 날뛰는 감정들을 융합할 필요가 느껴졌기 때문이다.

이 상태로는 잠시도 버티지 못할 것 같아 치호는 내부적으로 다시금 정비를 시작하는 것이다.

다시금 어둠이 치호를 덮쳤고 시간조차 분간되지 않는 이 이상한 공간 속에서 치호가 침묵하기 시작했다.

그러자 영원의 싸움터, 수트람은 언제 전투가 있었냐는 듯 고요함만이 맴돌았다.

*   *   *

"후우……."

어둠 속에서 치호가 다시금 큰 숨을 내쉬기까지 얼마의 시간이 지났는지 감조차 잡히지 않았다. 수년이 걸렸을지도 모르는 일이었고 한 시간 남짓 되는 시간이었을 수도 있다.

하지만 치호에게 그런 시간의 흐름 따위는 중요하지 않았다.

그간의 모든 힘을 자신에게 다시금 흡수시키고 넘쳐 흐르는 감정들을 정리하는 데 시간 따위는 중요하지 않았기 때문이다.

그저 치호가 눈을 떴을 때는 처음 이곳에 왔을 때처럼 어둠이 짙게 깔려 있을 뿐이었다.

"……."

치호는 조용히 주변을 둘러보기 시작했다.

그러고는 바닥에 꽂혀 있는 파멸의 조각을 다시금 허리춤에 착용했다.

"후우… 꽤나 오래 걸렸군."

다시금 목소리를 낸 치호에게는 권태로움 따위는 느껴지지 않았다.

그저 어딘지 모르게 정제된 목소리와 함께 거부할 수 없는 카리스마가 느껴지는 목소리였다.

아무래도 치호가 자신의 감정들을 추스르면서 본신의 자신도 변화를 겪은 것 같았다.

"그럼 슬슬 나갈 때가 됐나?"

주변은 여전히 출구도 없는 어둠 속에 쌓여 있었지만 치호의 목소리는 어딘지 모르게 자신감이 넘쳤다.

마치 출구가 어딘지 알고 있는 듯한 자신감이었다.

"흐음… 애초에 이런 식의 공간이었던가? 이런 걸 영웅이 만들어놨다? 하긴 최후의 전투 장소라면 이런 곳이 괜찮았을지도 모르겠군."

치호는 영웅 세크를 생각하며 그저 고개를 얕게 끄덕였다.

그런 치호의 손에는 어느새 검은 힘이 뭉쳐져 있었다. 아니, 검게 뭉쳐지다 못해 피부 자체를 검게 물들이고 있었고 그 검은 힘은 오히려 밝게 빛나는 듯한 착각까지 들게 만들었다.

"하지만 이런 곳에 사람을 처박아두는 건 어디서 배운 짓이야? 영웅이란 놈도 마음에 안 들어."

치호는 가볍게 툴툴거리면서 허공에 손을 뻗어내기 시작했다.

그 순간 치호의 힘이 만든 어둠과 공간을 장악하고 있는 어둠이 치열하게 힘겨루기를 시작했다.

하지만 치호는 표정 하나 변하지 않으며 계속하여 자신의 힘을 밀어 넣을 뿐이었다.

그러자 공간을 장악하고 있는 어둠도 점점 치호의 힘에 밀리는 것인지 어둠과 어둠이 부딪히는 경계에서 작은 틈이 벌어지기 시작했다.

그리고 그 틈으로 밝은 빛이 새어들었기 시작했다.

"후우… 조금만 더 하면 되겠군."

치호는 그 빛의 틈을 보면서도 흔들림 없이 계속 힘을 밀어 넣었다.

그러자 그 틈은 점차 크기가 불어나기 시작했고 사람이 들어갈 정도의 크기가 되었다.

"좋아, 간다!"

치호는 힘을 끊음과 동시에 그 빛의 틈 속으로 몸을 던졌고, 치호가 몸을 던지자마자 그 틈은 순식간에 닫혔다.

"후우… 되돌아왔군."

치호가 틈 밖으로 나와 마주한 모습은 예전 모습 그대로였다.

영원의 싸움터, 수트람으로 입장하기 직전의 그 모습 그대로인 것이다.

마치 시간이 멈춘 듯 아직도 그대로인 모습을 보며 약간 씁쓸한 마음이 들었다.

하지만 그런 감상에 빠질 시간도 없이 치호의 메시지 창에 새로운 메시지가 떠오르기 시작했다.

[10초 후 퀘스트가 종료됩니다.]

[9]

[8]

…….

"후우… 어찌 됐건 끝나긴 끝났군."

메시지를 확인한 치호는 얕은 한숨을 내쉬며 카운트가 끝나길 기다릴 뿐이었다.

[1]

[0]

"…게 혼자 결정하면 어떻게 해요!"

"뭐?"

치호가 홀로 퀘스트를 끝내고 돌아와 한숨을 돌릴 새도 없이 메이의 외침이 들렸다.

갑작스러운 메이의 외침에 치호가 어리둥절한 표정을 지었지만, 아랑곳없이 메이는 계속해서 말을 하기 시작했다.

"아무리 그 수트람이라는 곳에서 어떤 괴물들이 나올지도 모르는데 그곳을 혼자 가겠다는 뜻이에요? 안 돼요! 절대 안 돼요. 함께 갈 방법이 어딘가 있을 거예요."

"어?"

"그래, 치호. 너무 성급하게 생각하지 말자고. 일단 로펠로가 말하는 수트람으로 가보면 뭔가 방법이 있지 않겠어? 행여 먼저 갈 생각하지 마. 알았어?"

치호는 일순 녀석들이 무슨 소리를 하는지 이해가 되지 않았다. 하지만 잠시 멍한 표정을 짓던 치호는 슬슬 이해가 되기 시작했다.

'나 혼자 수트람에서 시간을 보냈을 뿐이군… 다른 녀석들은 멈춘 시간 그대로인 거야.'

아마 치호가 수트람으로 들어가기 직전에서부터 이곳의 상황은 그대로인 것 같았다.

'수트람이라… 오랜 시간을 보낸 것 같은데? 꿈인가? 아니면 환각? 하지만 난 정신적 공격에 면역이 될 텐데? 시간이… 정말 멈춘 걸지도.'

치호는 지금 상황이 논리적으로는 이해할 수 있었지만 자신이 겪은 상황들은 잘 이해가 되지 않았다.

분명 긴 전투와 자신을 가다듬는 시간으로 오랜 시간을 보낸 것이 확실하기 때문이다.

그럼에도 이 녀석들은 자신이 수트람으로 들어가기 전 그대로의 모습을 하고 있었다.

'지구에서 다른 녀석들이 날 보는 기분이 이랬을까?'

문득 그렇게 생각하니 저절로 웃음이 지어졌다.

치호 자신이 겪은 시간은 멈추지 않고 흐르는데 대진, 미소, 메이 그리고 로펠로까지 변함없는 모습으로 자신 앞에 선 것이다. 그렇기 때문에 문득 재미있다는 생각을 한 것이다.

마치 지구에서 다른 사람들이 치호 자신을 보는 시선이 이러하지 않았을까 하는 생각이 든 것이다.

'처음 느껴보는 감정이지만… 나쁘지 않군.'

수트람에서 보낸 시간이 어쩌면 치호가 몰랐던 감정을 새롭게 하나 발견하는 데 일조한 것 같았다.

그곳에서의 시간은 지옥처럼 힘든 시간의 연속이었지만 그것을 끝내고 다시금 동료를 만났을 때의 기분은 썩 나쁘지 않았다.

하지만 웃음 짓는 것도 잠시, 다시금 표정을 바꾸고 일행들에게 말했다. 더 이상 멍하니 있을 수도 없는 노릇이기 때문이다.

"벌써 끝났다."

"응? 뭐가?"

"뭐가 끝났다는 소리예요?"

"퀘스트를 확인해 봐. 완료가 되어 있을 거다."

"뭣?"

"에?"

대진과 메이, 미소까지 다급히 자신의 퀘스트를 확인하고
는 작은 탄식을 뱉어냈다. 치호의 말대로 정말 퀘스트가 완
료되어 있었기 때문이다.

"이… 이게 어떻게 된 일이야?"

"수트람에 다녀온 거지."

"뭐? 무슨 소리야. 이해가 되게 말해봐. 우리랑 계속 대화
하고 있었는데 수트람에 다녀왔다니 그게 무슨 뚱딴지같은
소리야?"

대진은 치호의 말에 혼란스러워 하는 것 같았기에 치호는
천천히 상황 설명을 해주었다.

주변의 인물들도 그런 치호의 말을 듣고는 그제야 고개를
끄덕였다.

"허… 그런!"

"어둠님… 진정 어둠님이시군요."

"그 어둠 소리 좀 하지 마라니까?"

치호의 말을 듣고 일행들은 경악을 금치 못하는 것 같았
다. 하지만 치호가 말한 것도 적당히 생략한 것이었다.

쓸데없이 수트람에서 오랜 시간을 보냈다는 등 그런 소리
는 하지 않고 시간이 멈추고 수많은 괴물을 상대했다는 식
으로 이야기를 마무리 지은 것이다.

하지만 그것만으로도 일행들의 벌어진 입이 다물어질 줄

을 몰랐다.

일행들은 치호가 말한 수트람에 관해 서로 대화를 나누는 사이 치호는 완료된 퀘스트 내용을 읽어 내리기 시작했다. 내용이 궁금해졌기 때문이다.

[에픽 퀘스트—여정의 장—완료]

—멈추어진 시공의 틈바구니에서 스스로를 이겨내고 진실의 조각을 획득할 자격을 스스로 증명해 내었습니다. 영웅 세크조차도 이 시련을 안배할 때 성공 여부를 고민했으나 그 고민 따위를 무색하게 만들 정도로 완벽하게 시련을 극복했습니다.

그 시련 극복의 업적을 기리며 새로운 진실의 조각과 보상을 드립니다.

또한 다음 필드로 넘어가면 즉시 연계 에픽 퀘스트를 얻게 됩니다.

[진실의 조각 2/3]

—가벤티아 올브람의 저서 '비원' 중 일부 획득

〈퀘스트 보상—에픽 등급 물품〉

〈기여도 [SSS]〉

—황치호: 100%

〈미지정 포인트 +30 획득하였습니다.〉

〈무시할 수 없는 경험치를 획득하였습니다. 스킬과 칭호로 대체합니다.〉

〈칭호 '스스로 세운 자'을 획득하였습니다.〉

〈전설 등급 스킬을 획득하였습니다.〉

메시지를 읽어 내리던 치호는 오랜만에 얻은 획득한 보상에 흥미가 생기기 시작했다.

하지만 그전에 새롭게 얻은 진실의 조각이자 올브람의 저서의 내용이 궁금했기에 서둘러 내용을 살피기 시작했다.

[…내가 숨겨놓은 '비원'의 지금 이 내용을 읽고 있다면 영웅 세크의 시련을 통과했다는 의미. 후대의 누가 될지 모르지만, 나의 후손이여. 진심으로 사죄한다.

너의 선대로서 진실에 다가갔음에도 진실을 떳떳이 밝히지 못하고 이런 식으로 영웅의 안배에 진실을 끼워 넣는 나의 비겁함을 고개 숙여 사죄하는 바이다.

하지만 나 역시 영웅의 행보를 쫓으며 많은 인물을 만나고 많은 일들을 겪었다.

그렇기에 나는 오만을 부리지 않는다… (중략) 나는 그를 이길 수 없다. 진실된 그의 힘을 느꼈을 때 나는 진실을 후대에 전하는 게 나의 사명이라고 생각했다.

그에 이런 식으로라도 비겁하게 진실의 일부를 남기는 나를 용서해 주길 바랄 뿐이다.

이 글을 읽는 나의 후손이여.

영웅 세크의 안배를 통과했다면 느꼈을 터, 그 허무의 공간을.

그곳에서 영겁의 시간을 느끼고 마모되는 감정들, 수많은 자신과 싸웠을 것이다.

그럼에도 스스로를 이겨내었을 때 느껴지는 그 힘, 근간의 힘을 느꼈을 때 오만함에 빠지는 자신을 조심하라.

그 허무의 공간은 단순히 영웅 세크가 그와 최후의 전투를 벌이며 파생된 공간에 불과하다.

그런 공간을 깨고 나왔다고 해서 좋아할 필요도 기뻐할 필요도 없다. 그저 그들과 이제야 같은 선상에서 어깨를 나란히 할 뿐이란 걸 잊지 말아야 한다.

그들은 언제나 우리를 기만하며 상상을 초월하는 힘을 가진 자들이다.

그러니 나아가라.

나아가서 마지막 진실의 조각을 찾아라.

그곳에 나의 최후의 진실을 숨겨놓았다.

나의 진실을 얻으면 그와 대적할 최소한의 자격은 생길 터,
부디 그를 처단하고 필드에 뿌리내린 슬픔의 연쇄를 끊어주길
바란다.

　—가벤티아 올브람의 저서 '비원' 중 일부]

치호는 '비원'을 읽어 내리며 인상을 찌푸릴 수밖에 없었
다.

가벤티아 올브람, 즉 탐색자가 진실과 마주했을 때와 영웅
세크가 처단하려고 했던 존재를 깨달았을 때의 공포감과 허
무감이 그대로 글에서 묻어났기 때문이다.

더욱이 이번에 획득한 '비원'의 내용은 그와 대적하지 못
하는 스스로를 비난하면서 반성과 후회, 그리고 속죄의 문
구들로 점철되어 있었다.

하지만 반대로 올브람의 감정이 그대로 전해지는 것이 오
히려 그의 마음을 이해하는 데 도움이 되었다.

'하긴… 올브람도 강자였겠지. 혼자 필드 이곳저곳을 돌아
다니며 진실을 모으고 다녔을 테니.'

지금까지 치호가 가진 이미지로는 가벤티아 올브람은 그
저 학자 같은 이미지였다.

하지만 지금 이 글을 보니 생각을 잘못했다는 것을 느낄
수 있었다.

치호는 모르는 사실이지만 올브람은 허무와 초조로 가득한 로펠로 앞에 나서면서도 목숨을 부지한 인물이기도 하며 전 필드를 돌아다니며 진실을 모으며 당당히 진실을 마주한 인물이다.

올브람이 활동하던 당시 감시자에 대한 언급이 있었음에도 그들의 눈을 피해 진실을 모으고 영웅 세크가 처단하려 했던 '신'을 마주하고 그 힘을 느꼈다.

그러고도 목숨을 부지하고 이런 식으로 진실의 일부를 영웅의 행보에 끼워 넣은 인물인 것이다.

'생각해 보면… 이 녀석의 운명도 기구하군.'

어쩌면 치호가 이 필드에 오기 전까지 필드에서 진정한 고독한 존재는 올브람이었을 것 같다는 생각이 들었다.

그렇기에 어쩌면 올브람의 직업이 치호에게 전해진 것인지도 몰랐다.

올브람은 치호처럼 강했고 또한 고독했다.

홀로 진실을 밝히고 홀로 진실을 품에 안았으니까.

하지만 적 앞에 좌절했다.

그래도 후일을 기약하며 진실을 남겼다.

자신의 업을 이어줄 이를 기다리면서.

그리고 그 업은 자신과 가장 닮은 치호에게 전해진 것이다.

수백 년의 시간을 지났음에도.

그렇게 생각하니 씁쓸한 마음이 드는 것은 어쩔 수 없는 것 같았다. 그저 입맛이 쓰게 느껴지는 치호였다.

'제길… 수트람에서 나오자마자 묘한 기분을 들게 하는 녀석이군.'

치호는 얼른 감정을 추스르며 나머지 보상 물품을 확인하기 시작했다. 비원 말고도 오랜만에 보는 항목들이 있었기 때문이다.

〈칭호—스스로 세운 자〉

—스스로가 혼란스러운 자신을 추스르고 흔들리지 않는 강철의 마음을 완성했습니다. 스스로를 세운 자는 그 어떤 시련에도 흔들림 없는 철혈의 의지를 갖추게 됩니다.

스스로를 세우고 철혈의 의지를 가진 자에게 부여되는 칭호.

—특수 효과: 저항력 +10%, 기량 +100

"뭐… 나쁘지 않군."

치호는 오랜만에 얻은 칭호의 특수 효과를 보며 고개를 끄덕였다. 오랜만에 기량 수치가 오른 것이다.

'이런 수치 같은 것에 의존하는 건 아니지만… 높을수록 편한 건 사실이지. 게다가 저항력이 +10%? 총 저항력은 95%

인가?'

치호는 기량 수치보다 저항력이 높아진 것이 더욱 마음에 들었다.

저항력이 이제 95%에 달하니 어설픈 속성 공격 따위는 자신에게 해를 입힐 수 없는 수준이 되었기 때문이다.

상향된 저항력을 확인하며 치호가 만족스러운 표정을 짓자 그때를 노렸다는 듯 로펠로가 조심스레 다가와 말을 걸기 시작했다.

"치호 님."

"아, 로펠로."

"이제… 때가 된 것 같습니다."

로펠로는 그렇게 말하면서도 손끝이 부들부들 떨리고 있었다. 진정 바라마지 않는 죽음이 눈앞에 있기 때문이었다.

치호가 퀘스트를 완료한 것 같으니 로펠로는 자신에게 죽음의 시간이 다가온 것을 느낀 것이다.

로펠로가 치호에게 조심스레 말을 시작하자 로펠로를 따라 12명의 로브인들도 차례로 다가와 무릎을 꿇기 시작했다.

"어둠이시여! 제발 저희들의 지옥 같은 삶을 끝내주십시오."

로펠로를 비롯한 12명의 로브인들은 애끓는 심정으로 피

토하듯 말하며 이마를 바닥에 붙였고, 그 모습에 치호는 그
저 눈을 감고 생각에 잠긴 듯한 모습이었다.

퀘스트도 완료했으니 더 이상 로펠로의 일을 미룰 수 없
기 때문이었다.

제8장
치호 II

로펠로와 12명의 로브인들이 무릎을 꿇자 치호는 물론 대진, 메이 그리고 미소까지 아무런 말도 할 수 없었다.

　이런 순간이 올 것이라고 알고는 있었지만, 막상 일이 닥치니 어떻게 반응해야 할지 판단이 서질 않았기 때문이다.

　로펠로 일행이 처음엔 적대했을망정 그간 테마탄에서 생활하며 알게 모르게 정이 든 것 같았다. 그랬기에 일행들 역시 그저 치호만을 바라보며 우물거릴 뿐이었다.

　"하… 참, 미치겠군."

　대진은 이런 분위기가 낯선 모양인지 머리를 벅벅 긁었다.

쿼스트를 완료한 것은 좋으나 이런 결정의 시간이 올 것이라 고는 예상하지 못했기 때문이었다.

그때 눈을 감고 침묵하고 있던 치호가 천천히 눈을 뜨고 낮은 목소리로 말했다.

"미련은 없나?"

"미련이라… 글쎄요. 미련이라면 저희 세대들과 함께 죽지 못한 것이 미련이겠지요. 너무 오래 살았습니다. 자연의 순리를 따르게 해주십시오."

"내게 귀속된 악몽들은 그 고통을 끝내주려 해도 안 되던 데… 혹시 아는 것 있나?"

치호는 이미 악몽들을 처음 획득했을 때부터 그들의 안식을 위해 힘을 써봤지만 무용지물이었다. 다른 힘이 치호의 간섭을 방해했기 때문이다.

"우리의 후손들은 저희와는 조금 다릅니다. 그들은 물품에 귀속된 이들. 그들을 안식에 들게 하려면 달무르의 원한을 풀어 물건 자체를 소멸시키는 방법밖에는 없습니다."

"원한을 푼다?"

"예, 원래 필드의 전설 등급 이상의 아이템들은 그 고유의 원한이 풀리면 자연스레 소멸하게 됩니다. 하지만 치호 님이 가지고 계신 물건의 경우……."

로펠로는 말을 하다가 더 이상 말을 잇지 못했다. 애초에 치호가 가지고 있는 악몽들을 부리는 팔찌의 목적과 원한을 알고 있는 이유 때문이었다.

달무르가 치호의 팔찌를 만들 때 원했던 것은 치호를 막아서는 것, 혹은 팔찌의 힘으로 치호를 직접 죽이기를 원했을지 몰랐다. 그러니 치호가 가지고 있는 팔찌는 더 이상 원한을 풀어낼 방법이 없는 것이다.

원한의 대상에게 물품이 귀속되었으니 악몽들을 안식에 들게 해주는 것은 요원한 일로만 느껴졌다.

"하지만… 완전히 방법이 없는 것도 아닙니다."

치호는 악몽들의 처지가 어쩐지 자기 자신에게 투영되어 낙담하고 있을 때 로펠로가 조심스레 이야기를 꺼내기 시작했다.

"방법이 있는 건가?"

"저도 확실치는 않습니다만… 가능성이 큰 방법이 있습니다."

"그 방법은 뭐지?"

로펠로의 말에 치호는 서둘러 물었고 로펠로는 잠시 망설이다가 말을 잇기 시작했다. 로펠로 역시 추측일 뿐, 정확한 정보가 아니기 때문이다.

"이 물품들을 존재하게 만든, 이 세계를 만든 녀석을 처리하면 어쩌면 물품들의 모든 원한이 풀릴지도 모릅니다."

"원흉이라… 하긴 모든 슬픔의 연쇄의 근원이라고도 볼 수 있으니… 이 힘도 그곳에서 비롯된다, 이건가?"

"예. 애초에 원념을 유지할 수 있게 만드는 그 힘 자체를 끊어버리는 것입니다. 하지만 그 존재에 관해 저도 얼핏 감만 잡고 있을 뿐 정확한 것은… 지금 제가 생각할 수 있는 방법은 그것밖에 없습니다. 죄송합니다."

"아니다. 그 정도면 충분하다."

치호는 로펠로의 말에 고개를 끄덕였다. 로펠로의 말에 따르면 어려울 것도 없는 일이다. 어차피 치호는 그 녀석들을 목표로 향하고 있으니 결국 필드에서의 여정이 끝날 때 악몽들도 긴 고통을 끝내고 안식에 들 수 있을 거란 말과 같았기 때문이다.

'악몽들은… 결국 필드 최후의 날을 함께 보는 증인이 되겠군. 아니… 어쩌면 내 최후가 될지도.'

치호는 속으로 씁쓸한 마음이 들었지만, 겉으로는 가볍게 웃었다. 해결 방법이 전혀 없는 게 아니기 때문이다.

"좋아. 악몽의 대한 것은 내가 책임지고 처리하지. 그럼 이제 너희들의 소망을 들어줘야겠군."

"감사합니다. 어둠이시여. 드디어… 저희들도 안식에 들겠군요."

로펠로는 그렇게 말하고 조용히 눈을 감고 고개를 숙였다.

그런 행동은 12인의 로브인들도 마찬가지였고 그들에게서 기묘한 열기마저 느껴지는 것 같았다.

'기분이… 썩 좋진 않군.'

치호는 눈을 감은 채로 고개 숙인 녀석들을 내려다보는 것은 썩 기분이 좋지 않았다. 그들의 긴 고통을 끝내주는 것이지만 적대하지 않는 타인의 생을 스스로의 힘으로 끊는 것은 언제나 불쾌하기 때문이다.

"치호."

"아저씨……."

치호가 로펠로 한 발짝 다가서자 대진을 비롯한 일행들이 나지막하게 치호를 불렀지만, 그들도 치호를 제지하지 않았다. 일행들 역시 로펠로의 상황을 잘 알고 있기 때문이다.

그리고 그 영원의 고통을 오로지 치호만이 끝낼 수 있다는 사실마저도 잘 알고 있기에 치호를 막지 못하는 것이다.

치호는 로펠로 앞에 나서서 고개 숙인 녀석들의 머리 위에 손을 천천히 올리며 말했다.

"부럽군."

치호의 나지막한 말에 로펠로는 눈을 뜨고 치호를 보지도 못하고 그저 고개를 더 깊이 숙이고 말할 뿐이었다.

"죄송합니다. 어둠이시여."

"아니다. 뭐… 이런 지독한 저주는 나 혼자만으로 충분하지. 내 힘으로 안식을 줄 수 있다니 오히려 다행이다."

"죄송합니다, 죄송합니다. 어둠이시여."

로펠로 역시 지옥 같은 영생의 힘이 얼마나 고통스러운지 누구보다 잘 아는 인물이다. 그런 고통 속에서 혼자만 벗어 난다고 생각하니 치호에게 죄송한 마음이 든 것이다.

자신보다 더 오랜 세월을 고통받은 자 앞에서 먼저 안식을 얻는 것 자체가 한없이 죄를 짓는 것 같은 기분이 든 것이다.

하지만 치호는 그런 로펠로를 보며 작게 미소 짓고는 손에 검은 힘을 집중하기 시작했다.

그러자 치호의 손에서 뿜어져 나오는 검은 힘은 안개처럼 포근하게 퍼져 나가 로펠로와 12인의 로브인들을 감싸 안기 시작했다.

그러길 잠시.

로펠로 일행을 감싸 안은 치호의 검은 안개들이 천천히 치호의 손으로 다시금 흡수되기 시작했다.

털썩.

"드… 드디어!"

감격에 찬 로펠로의 힘없는 음성을 끝으로 아무런 목소리 도 들리지 않았다. 오로지 침묵만이 일행 주위를 감쌀 뿐이 었다.

털썩.

치호의 검은 힘이 회수되는 순간 로브인들이 하나둘 힘을 잃고 쓰러지기 시작했고 마지막으로 로펠로를 감싼 검은 힘이 치호에게 완전히 흡수되었을 때 로펠로 역시 천천히 힘이 풀리는 것을 느꼈다.

털썩.

치호의 검은 힘이 완전히 흡수되자 로펠로를 비롯한 로브인들은 차가운 바닥에 몸을 눕혔다.

그리고 쓰러진 순서대로 천천히 검은 재로 변하기 시작했다. 그렇게 바라마지 않던 진정한 죽음을 맞이한 것이다.

치호는 그들 앞에 서서 말없이 그들의 면면을 살폈다. 혹여 문제가 생길까 걱정스레 지켜본 것이다. 하지만 그들의 몸은 차갑게 식어갔고 그와 반대로 얼굴에서는 따듯한 미소를 짓는 것 같이 느껴졌다.

한동안 말없이 로펠로 일행이 재가 되어 완전히 사라진 모습을 멍하니 바라보던 치호는 한숨을 크게 내쉬었다.

"후우… 원하던 걸 얻었으면 좋겠군."

검은 재가 흩날린 방향을 멍하니 바라보던 치호는 진심으로 그것을 바랐다. 그들이 영원한 안식을 얻을 수 있어야 자신도 희망이 있는 것이나 마찬가지이기 때문이다.

그때 대진이 조심히 다가와 치호에게 나지막이 말을 걸기 시작했다. 치호를 위로해 주려는 모양이었다.

"치호, 너무 씁쓸해하지 마. 그들이 원한 거잖아."

"그래요, 아저씨. 너무 신경 쓰지 마세요."

"힘내세요. 아저씨."

일행들은 하나둘 치호에게 몰려들었고 그런 일행들을 보는 치호 역시 미소를 지을 수밖에 없었다.

로펠로 일행이 어떻게 생겨나건 결국 동류라고 생각했던 이들의 죽음 앞에 다시금 혼자 남겨졌다는 고독감이 찾아오려 했는데 그 고독을 느끼기도 전에 대진과 메이, 미소가 곁에 있다는 걸 깨달은 것이다.

"그래, 그냥 그들이 원하던 대로 안식을 얻었으면 좋겠군."

치호는 표정을 바꾸며 대진과 일행을 안심시켰다. 자신이 이런 상태로 있으면 전체적으로 분위기가 좋지 않기 때문이었다. 그렇기에 치호는 서둘러 화제를 전환하기 시작했다.

"자, 힘내지. 그리고 퀘스트는 확인했나?"

"네?"

"퀘스트? 아, 다음 필드로 넘어가면 자동으로 새로운 퀘스트가 생길 거라는 그 메시지?"

"그래."

치호의 말에 대진은 고개를 갸웃했다. 아직 다음 필드로 넘어가는 방법을 찾아보지 않았기 때문이다.

하지만 치호는 그런 대진의 마음을 읽기라도 한 듯이 말했다.

"다음 필드로 갈 방법은 이미 찾아 놨다."

"어? 무슨 소리야? 언제? 계속 정신줄 놓고 있던 녀석이 언제 그런 걸 찾아놨대?"

대진은 가벼운 농담을 하기 시작했고 그 덕에 로펠로 때문에 음울했던 분위기가 살아나는 것 같았다. 당분간 로펠로의 일 때문에 속앓이하겠지만, 어쨌든 대진 덕에 표를 내지 않을 수 있어 대진이 고맙게 느껴졌다.

"콴이다. 콴이 필드의 지배자였어. 그 콴을 처리했을 때 통로 개척 권한을 획득했지."

"허… 콴이 필드의 지배자였단 말이야? 인간이 아니었어?"

"인간이 아닌 거 아니었을까요? 그때도 봤잖아요. 그 역겨운 힘 말이에요. 으… 아직도 가끔 꿈에 나온다니까요?"

"맞아! 가끔 녀석이 날 괴물로 만들어 버리는 건 아닐까 하는 생각이 들 정도니까. 그 괴물보다 더한 콴이라면 필드의 지배자라고 해도 못 믿을 건 아니야."

치호가 사정을 설명해 주자 일행들은 치를 떨기 시작했다. 그들도 콴의 힘이 얼마나 가증스러운 힘인지 직접 느꼈기 때문이다.

"그럼 통로 개척 권한도 가지고 있으니까… 바로 갈 거야?"

대진의 물음에 치호는 고개를 저었다. 지금 바로 통로를 열어도 되지만 조금 정비가 필요하기 때문이었다.

"내일 오전에 가지. 나름 마음의 준비들 하도록."

"하하, 그나저나 예전의 치호가 돌아온 것 같은 느낌인데? 이젠 귀찮아하지도 않잖아?"

"에? 그러게요? 다른 필드로 가면 틀림없이 귀찮아질 거라는 말을 할 줄 알았는데 어째 어색하네요. 헤헤."

대진과 메이는 서로 맞장구를 치며 말했고 치호는 그저 그런 두 사람을 보며 피식 웃었다.

치호 스스로도 자신이 그랬을 것이란 걸 알고 있기 때문이다.

확실히 수트람에서 자기 내면을 통합시키고 진정한 하나로 변모한 치호는 달랐다. 어딘지 모르게 푸근한 느낌을 자아내면서도 목표를 향해 한길로 달려갈 것 같은 눈빛을 가지고 있었다.

그런 치호의 눈빛에서는 그 어디에서도 귀찮음이나 권태 따위를 찾아볼 수 없었다.

마치 한 꺼풀 벗은 듯 보이는 그런 모습이었으나 대진은 영 어색해했다.

"그런데… 사실 귀찮아해도 괜찮을 것 같은데 말이야. 그게 더 인간적이지 않아?"

"흥, 아저씨! 쓸데없는 소리 하지 말아요! 전 그때 치호 아저씨까지 대진 아저씨처럼 변해 버리면 어쩌나 했단 말이에요!"

"뭣? 이 망할 계집애가… 내가 어때서!"

"흥, 맞을래요?"

"험험! 미소 뭐라고 말 좀 해봐. 어린 게 날 때리려고 들잖아!"

대진은 미소에게 도움을 요청했지만 미소 역시 메이의 말에 동의하는지 애먼 하늘만 바라보고 있을 뿐이었다.

"으… 어째서 내 편이 없는 거야!"

대진은 한동안 툴툴거리기 시작했지만, 치호는 그런 이들을 보며 푸근한 미소를 짓고는 그들을 불러모아 그간 못했던 이야기들을 풀어내기 시작했다.

메이에게는 조금 힘든 일이었지만 알란과의 전투를 비롯해 콴과의 전투와 감시자의 출현까지, 아직 일행들이 알지 못하는 것을 속속들이 이야기해 주었다.

다음 필드의 위험성과 다시금 경각심을 불러일으키기 위해서였다. 일행들 역시 그런 치호의 말을 하나도 놓치지 않고 가슴에 새겼고 네 번째 필드의 마지막 밤은 그렇게 깊어만 갔다.

　　　　*　　　　　*　　　　　*

　다음 필드로 넘어가기 위해 다른 일행들의 장비를 정비해 주던 치호는 모두가 잠든 후에야 자신의 장비를 확인하기 시작했다. 일행들이 꼼꼼하게 정비한다고는 하지만 치호의 눈에는 차지 않았기에 정비해 주다 보니 밤이 깊은 것이다.

　'흠… 원래 가지고 있던 것들의 정비는 대충 끝났군. 퀘스트 수행 물품만 확인하면 되겠어.'

　치호는 자신의 장비들을 손본 후 인벤토리를 열어 최근에 얻은 물품들을 살피기 시작했다.

　〈아이칸의 평정─에픽 등급〉

　─급변하는 자신의 성격 때문에 왕국을 파멸의 길로 이끈 희대의 패왕 아이칸. 정신을 차렸을 때 잿더미로 변해 버린 자신의 왕국을 보며 스스로를 비관하여 목숨을 끊은 패왕 아이칸의 한이 서린 팔찌.

　─특수 효과: 민첩 +512, 저항력 15%

　─보조 효과: 극한의 상황에서도 평정심을 유지하게 하고 감정에 휩쓸리지 않는 철혈의 마음을 갖게 합니다. 또한 타인의 의한 정신 스킬을 모두 차단합니다.

　─내구도 100/100

"호오."

치호는 새롭게 얻은 물품을 보며 절로 탄성을 내뱉었다. 생각 이상으로 쓸 만한 물품이 나왔기 때문이다. 더욱이 특수 효과도 쓸 만했고 보조 효과 또한 치호가 좋아하는 종류의 효과가 붙어 있어 아주 마음에 드는 물품이었다.

'흠… 하지만 지금의 나한테는 그다지 쓸모가 없군.'

평정심을 유지하게 해준다는 효과는 퀘스트를 완료하기 전이었다면 아주 쏠쏠하게 사용했을 테지만 지금의 치호는 달랐다.

치호 내부의 녀석들을 모조리 흡수하고 흔들리지 않는 단일의 자아로 거듭난 치호에게 이런 물품은 쓸모없는 것이다.

'이건 미소에게 주면 되겠군.'

치호의 마음속으로 〈아이칸의 평정〉의 주인이 결정되는 순간이었다. 〈고통의 조각〉의 답례로 주기에 딱 괜찮은 물품이었던 것이다.

처음 미소가 〈고통의 조각〉을 치호에게 건넬 때 전설 등급 물품인 〈광기의 야차 귀면갑〉을 미소에게 주었지만, 못내 마음에 걸렸었다.

하지만 이번에 이 물품을 미소에게 주면 〈고통의 조각〉을 건네받은 답례로 충분할 것 같았다. 같은 등급의 물품인 데다 더욱이 자신의 감정 조절이 필요한 미소에게는 정말 안성맞춤의 물품이기 때문이다.

'게다가 〈고통의 조각〉처럼 민첩 포인트가 많이 붙어 있군. 저항력도 뛰어나고. 적당한 물품이 나왔어.'

치호는 아침이 되면 미소에게 건넬 생각으로 한쪽으로 물품을 한쪽으로 빼두고 마지막 전리품을 확인하기 시작했다.

'이건… 스킬 구슬이군. 오랜만인데?'

치호는 전설 등급의 스킬 구슬을 보며 그저 작게 미소를 지었다. 스킬이 많다고 해서 손해날 것은 없으니 말이다. 더욱이 스킬을 다양하게 사용하는 치호에게는 더없이 쓸 만하게 느껴졌다.

스킬 하나가 늘어남으로써 전투 시 선택할 수 있는 전략의 조합이 수십 가지나 늘어나기 때문이다.

〈세크의 검-발동형〉

-내용: 필드의 영웅 혹은 타락 영웅이라고 불리는 세크가 자신이 끝내지 못한 최후의 일을 마치지 못하고 후대를 위해 남긴 최후의 비기이자 위대한 기술입니다.

그가 남긴 이 기술은 필드의 절대자를 위기로 몰아넣은 위대한 기술입니다. 무구에 자신의 힘을 모조리 쏟아부어 상대를 멸하는 이 기술 앞에서는 절대자라 할지라도 무사하지 못할 것입니다.

─효과: 사용하는 무구에 힘을 집중해 진실과 허상의 구분 없이 모든 걸 베어 넘길 수 있습니다.

─소모 자원: 사용 시 남은 가용할 수 있는 모든 마력.

─숙련도: 0/10

치호는 새롭게 얻은 스킬을 읽어 내리다가 미간이 저절로 꿈틀거렸다. 새롭게 얻은 스킬이 영웅 세크의 기술이기 때문이다.

'이게… 세크의 기술? 아마도 필드를 만든 녀석과 대항할 때 사용한 기술인가 본데?'

치호는 설명을 그저 그런 전설 이야기로 치부할 수 없었다. 지금 자신이 세크의 흔적을 거슬러 올라가는 것이나 마찬가지기에 지금 나타난 이 기술을 쉽게 볼 수 없는 것이다.

'게다가 소모 자원이 남은 모든 마력을 사용한다? 전투 시에 함부로 사용해선 안 되겠어.'

치호는 세크의 기술을 획득한 것은 좋지만 사용할 때 신중을 기해야 하겠다는 생각이 저절로 들었다. 괜히 사용했다가 마력이 바닥을 치면 이후에 밀려오는 적들을 감당할 수 없을 것 같았기 때문이다.

한동안 스킬을 내용을 살펴보던 치호는 슬슬 자리에 누웠다. 물론 잠이 딱히 필요한 것은 아니지만, 어쨌든 치호 자신도 내일을 위해 조금이라도 눈을 붙여야 하기 때문이다.

'세크의 스킬이라… 재미있군. 일단은 퀘스트로 얻은 물품들은 모두 확인했으니 내일을 위해 좀 쉬어두어야겠군.'

치호는 누워서 세크의 기술을 생각하다가 저도 모르게 스르륵 잠이 들었다. 잠에서 깨어나면 다음 필드로 향하는 불안한 일정이 다시금 시작될 것이었다.

하지만 치호는 노숙이 더 편한 것인지 아니면 치호 내부의 인격들을 모조리 정리해서 마음이 편한 것인지 이유는 알 수 없지만 어쩐지 편안하게 잠에 들었다.

"치호, 일어나. 슬슬 우리도 움직여야지. 해가 중천이라고."

대진의 말에 치호는 눈을 번쩍 뜨고는 피식 웃었다. 대진이 깨울 때까지 푹 자고 있던 자신의 행동에 그저 웃음이 난 것이다.

"깜빡 잠이 든 모양이군."

"오? 웬일이야? 깨어 있었다고 안 하다니, 하하하."

"에? 그러게요? 아저씨도 은근히 긴장했나 봐요. 헤헤."

치호의 예상치 못한 반응에 일행들은 치호를 보며 웃었다. 항상 치호를 깨울 때마다 자지 않고 있었다는 둥 이미 깨어 있었다는 둥의 말을 했었는데 이번에는 잠을 잤다고 말한 것이다.

"참나, 쓸데없는 데 신경 쓰지 말고 어서 준비하지. 그리고 미소, 이거 받아라."

"이건 뭐예요? 팔찌?"

"이번 퀘스트로 얻은 물품인데 지난번 〈고통의 조각〉 건도 있고 해서 주는 거다. 특수 효과도 〈고통의 조각〉과 비슷하니 예전같이 움직일 수 있을 거야. 보조 효과도 너한텐 필요한 거고."

"하지만… 그건 그냥 제가 쓸 수 없어서 드린 것뿐인데요. 괜히 이런 것까지 주실 필요 없어요."

미소는 치호가 자신에게 물품을 건네자 미안한 마음이 들어 거부하려고 했다. 에픽 등급 물품이기에 그냥 받기에 부담스러운 것이다. 하지만 그런 미소를 보며 치호가 단호하게 말했다.

"잔소리 말고 받아. 나한테도 쓸모없는 물건이니까 쓸 만한 사람이 쓰면 좋지. 게다가 다섯 번째 필드에서 어떤 일이 있을지 알 수 없으니 사용하는 게 좋아."

"언니, 어서 받아요. 헤에… 부럽다."

"망할 계집애야, 너는 우린 벌써 치호랑 퀘스트를 같이 진행하면서 더 많은 걸 얻었잖아. 사람이 염치가 있어야지."

"아니, 누가 몰라요? 그냥 하는 소리잖아요. 하여튼 웃자고

한 소리에 죽자고 달려든다니까?"

"으… 망할 계집."

대진과 메이가 서로 투닥이며 분위기를 전환시켰고, 미소는 그저 〈아이칸의 평정〉을 손에 꼭 쥐며 치호에게 말했다.

"잘 쓸게요. 아저씨."

"그래, 잘 써라. 그 물품을 착용하고 있으면 예전처럼 힘 조절할 필요 없이 전투에 참여해도 괜찮을 거다. 그런 아이템이니까."

"고마워요."

아이템까지 건네고 대충 식사를 한 치호는 슬슬 필드를 떠날 준비를 하기 시작했다.

만반의 준비를 하였기 때문에 통로를 열기만 하면 되는 것이다.

"그럼 다들 준비해. 통로를 열겠다."

치호의 말에 일행들은 고개를 끄덕이고 자신의 무구에 손을 올렸다. 언제 어떤 상황이 벌어질지 모르기에 긴장된 표정으로 필드를 넘어갈 준비를 하는 것이다.

"통로 개방."

치호가 통로 개방이라고 외치는 동시에 아무것도 없던 곳이 거친 진동과 함께 갈라지며 통로가 솟구쳐 올랐다. 전에 보았던 그 통로였다.

"으… 오랜만에 통로를 보니 배가 아파오는 것 같은 느낌인데?"

"그나저나 다섯 번째 필드에 가면 또 흩어지려나… 에휴, 이번에는 별일 없어야 할 텐데요."

"메이, 그래도 〈영혼의 메아리〉를 통해 대화할 수 있으니까 그게 어디야. 안 그래?"

치호를 제외한 일행들은 떠오른 통로를 보고 각자 이야기를 시작했지만 치호만은 떠오른 메시지에 집중하고 있었다. 절차가 끝나지 않았기 때문이다.

〈새로운 통로를 개척한 당신. 통로 개통의 사실을 모든 테스터에게 공개하시겠습니까? 공개하면 해당 지점은 새로운 거점으로 등록되고 '영광의 기록서'에 그 이름이 올라가는 영예와 보상이 지급됩니다.〉

"비공개."

〈비공개를 선택하셨습니다. 안타깝지만 테스터의 선택에 따라 개방된 통로는 일회용 통로로 개방되며 곧 이동이 시작됩니다.〉

〈통로를 개척한 테스터에게서 '테이퍼의 인연의 사슬'이 감

지되었습니다.〉

〈해당 물품을 이번 통로에서 사용하시겠습니까? 해당 물품은 단 한 번만 사용할 수 있으니 신중하게 선택하세요.〉

치호는 메시지를 보더니 잠시 생각에 잠겼다. 이번에 물품을 사용할지 말지 결정해야 하기 때문이다.

'1회밖에 되지 않으니… 사용해야 하나?'

아이템을 사용 여부를 결정하기 전 일행들을 돌아봤다. 그러다 문득 대진과 눈이 마주쳤다.

"응? 왜?"

대진은 해맑은 표정으로 치호를 보며 묻자 치호가 한숨을 내쉬었다.

'하아… 사용해야겠군.'

여자인 미소나 메이는 걱정되지 않았지만, 오히려 사내자식인 대진이 걱정되었기 때문이다.

네 번째 필드에 넘어왔을 때 대진이 죽을 뻔했던 것이 떠오른 것이다. 대진은 자신의 기술을 완성할 퀘스트 덕분에 어찌어찌 위기를 모면한 것 같았지만, 이번에도 운이 좋으란 법이 없었기에 대진이 걱정되었다.

"사용한다. 대진, 메이, 미소와 함께 가지."

〈'테이퍼의 인연의 사슬'의 사용을 결정하셨습니다. 해당 아이템은 회수됩니다.〉

〈잠시 후 전송이 시작됩니다.〉

[9]

[8]

…….

"시작됐다. 다들 긴장해."

"후… 서로 흩어지더라도 바로바로 연락하자고. 알았지?"

"넵!"

"알았어요."

대진은 치호가 '테이퍼의 인연의 사슬'을 사용한지 몰랐기 때문에 미소와 메이에게 당부했다. 하지만 치호는 그런 대진을 보며 한숨을 내쉬었다.

누구 때문에 '테이퍼의 인연의 사슬'을 사용했는데 그 당사자가 저러니 어처구니가 없는 것이다.

[3]

[2]

…….

"이번에는 서로 헤어질 일 없으니까 걱정하지 말고 통로를 통과하자마자 주변 경계나 철저히 해."

"어? 그게 무슨 소리야?"

[1]

[0]

대진이 마지막 치호의 말에 의문을 표했지만, 그 말에 대답할 시간도 없이 카운트는 무정하게 끝이 났고 일행들은 하늘에서 떨어지는 빛의 기둥에 몸을 실었다.

제9장

여신 교단 Ⅰ

몸을 감싼 빛의 기둥이 사라질 때쯤 그 빛의 기둥 속에서 일행들이 천천히 걸어 나오기 시작했다.

"으… 이 느낌 너무 싫다니까? 울렁거려."

"적응할 때도 됐는데 별로 좋은 느낌은 아니에요."

"어? 뭔가 뜨는데요?"

일행들은 새로운 필드에 도착하여 주변을 살피기도 전에 뭔가 한마디씩 하기 시작했다. 필드를 이동하기 위한 통로를 사용할 때마다 익숙지 않은 느낌이 감각을 흐트려 놓기 때문이다. 하지만 치호는 말없이 주변을 살피는 것부터 하기 시작했다.

'공기가 무겁군.'

다섯 번째 필드에 와서 처음 느낀 것은 어딘지 모르게 음울한 공기였다. 축축하면서도 질척한 느낌의 분위기는 어딘지 모르게 사람을 짜증 나게 만드는 공기였다.

'기온 자체는 평범하고… 주변에 숲도 있는 걸 봐서 완전히 황무지나 사막은 아니란 건데? 묘하게 공기가 무겁군.'

치호는 주변을 살피며 미간을 찌푸렸다. 어쩐지 분위기가 심상치 않았기 때문이다.

그때 일행들이 치호에게 물었다.

"치호 아저씨, 메시지 뜬 것 봤어요?"

"치호, 새로운 퀘스트가 뜬 것 같아. 어서 확인해 보라고."

"퀘스트라… 잠깐 기다려 봐."

일행들의 말에 치호는 재빨리 퀘스트를 확인하려 했으나 그러지 못했다. 그 찰나의 순간 치호의 감각 영역에 무언가 걸리기 시작한 것이다.

'뭐지?'

치호가 고개를 돌려 위치를 파악하자 〈광인의 영역 선포〉가 발동되었다. 즉, 치호가 내면을 하나로 통합한 후 감각권이 〈광인의 영역 선포〉의 범위보다 넓어진 것이다.

[미확인 생명체 4 개체가 감지되었습니다. 제거 대상으로 등록하시겠습니까?]

[미확인 생명체 16 개체가 감지되었습니다. 제거 대상으로 등록하시겠습니까?]

[미확인 생명체 2 개체가 감지되었습니다. 제거 대상으로 등록하시겠습니까?]

……

치호의 메시지 창에 메시지가 순식간에 떠올랐다. 그 숫자는 도합 50 개체 이상은 되어 보였다.

"다들 교전 준비해. 무언가 빠른 속도로 접근하고 있다."

"뭐?"

대진은 순간 어리둥절한 표정을 지었지만 이내 표정을 바꾸고 재빨리 허리에 감아둔 채찍을 풀어냈다. 메이와 미소 역시 각자의 무기를 정비하고 언제라도 튀어나갈 수 있도록 온몸의 긴장감을 끌어 올리는 것이다.

사사삭.

긴장되는 침묵 속 수풀이 흔들리는 소리만 간간이 들리기 시작했고 치호가 감지한 녀석들은 치호의 주변을 포위한 채 아직 모습을 드러내지 않고 있었다.

마치 일행들의 빈틈만을 노려 기습이라도 할 생각인 것

같았다.

"다들 긴장해. 괴물 같은 게 아닐 수도 있다."

치호는 재빨리 일행들에게 사실을 알렸다.

괴물의 행동이라고 보기엔 너무 참을성이 많은 행동이었다.

물들이 지금까지 보인 행태는 인간을 보면 무조건 달려들었기에 지금처럼 매복을 준비하고 기회를 노린다는 것은 상상조차 할 수 없는 일이다.

치호 일행과 불특정 개체 간의 기묘한 대치는 점점 길어졌고 치호는 잠시 생각을 하더니 이내 큰 소리로 외쳤다.

시간이 지날수록 불리한 것은 숫자가 적은 치호 쪽이다. 그렇기에 상황에 변수를 주기 위해 한번 흔들기를 시도하는 것이다.

"거기! 쓸데없이 서로 간에 힘 빼지 말자고. 너희도 너희들이 노출된 것 알잖아? 한판 붙으려면 어서 나와."

"……."

"뭐야? 대답을 못 하는 걸 보니 괴물인 건가? 아니, 인간이라도 지금 같은 상황에서 먼저 공격해도 딴말할 수 없겠지? 지금 경고하는 거다. 만약 전투 의사가 없다면 지금 당장 나와!"

치호는 그렇게 말하면서도 〈틸베른의 속임수〉로 인한 인터페이스 상의 지도를 켜서 일대를 확인했다.

'남동쪽, 다행히 거점이 하나 있군. 그런데… 거리상으론 3일 정도 거리인가?'

치호는 입을 다문 채 이를 악물었다. 가장 가까운 거점이 생각보다 너무 멀기 때문이다.

게다가 해당 거점도 테스터들에게 우호적인 거점인지 알 수 없기에 고민되었다.

네 번째 필드처럼 콴 같은 녀석의 영역권이라면 괜히 거점으로 들어갔다가 더 골치 아픈 일만 있을 것이기에 망설여지기 시작한 것이다.

'이 자리에서 저 녀석들을 모조리 처리하는 수밖에는 없나?'

치호는 결정을 내리기 시작했다. 어차피 싸워야 한다면 차라리 이 장소에서 상대를 모조리 처리하는 게 나은 판단이라고 생각한 것이다.

'현재 감지된 생명체가 57개체. 해볼 만하겠어. 더 이상 충원되거나 하는 게 없는 걸 보면.'

스르릉.

더 이상 원군이 없는 것을 확인한 치호가 파멸의 조각을 천천히 검집에서 빼 들었고 그런 치호의 행동에 맞추어 일행들 역시 행동을 개시하려는 것 같았다.

"투사의 발걸음! 세뮬라의 마력검! 율리아의 전투 함성!"

치호는 크게 숨을 한 번 고르더니 스킬을 단숨에 세 개나 외쳤다.

아직 다섯 번째 필드가 정확하게 파악되지 않았으니 상대를 얕잡아볼 생각이 없는 것이다.

그렇기 때문에 처음부터 가용할 만한 스킬을 모두 사용하여 상대할 생각이었다.

치호의 스킬 영창이 끝나자 일행을 감싼 빛무리가 각자의 몸에 흡수되는 것이 〈율리아의 전투 함성〉이 제대로 먹힌 것 같았다.

일행을 감싸는 빛무리가 흡수되는 것을 출발 신호라고 생각했는지 치호는 그 어느 때보다 빠르게 기척을 숨긴 녀석들을 향해 몸을 날렸다.

"교전 준비! 적이다!"

"겨우 네 명이니까 무조건 처리해!"

"이야기라도 해봐야 하는 거 아니오?"

"이야기는 개뿔! 우리가 죽게 생겼어, 이 미친 자식아!"

과연 치호의 예상대로 지금 기척을 숨긴 녀석들은 인간인 것 같았다.

아마도 새롭게 필드를 넘어오는 테스터들을 노리는 하이에나 같은 녀석인 것 같았다.

까강.

"자… 잠깐만! 허… 헉!"

치호가 잽싸게 달려들어 숨어 있는 녀석을 공격하자 녀석은 힘겹게 치호의 공격을 막아냈다. 하지만 그것이 한계라는 듯 자신이 들고 있는 무기를 놓쳐 버린 것이다.

압도적인 치호의 힘에 무기를 빼앗겨 버린 녀석은 그저 멍하니 치호를 바라볼 뿐이었다.

'테스터들의 실력이 그렇게 나쁘지는 않은 모양이군. 한 번은 막아낼 수 있는 걸 보면.'

치호가 휘둘렀던 검이 전력을 다한 건 아니지만 그래도 한 번을 막아냈다는 게 중요했다. 자신의 검을 한 번이라도 막아낸 실력이라면 꽤나 쓸 만한 실력을 갖춘 것이기 때문이다.

하지만 치호가 그들의 실력을 파악하는 것도 여기까지.

처리해야 할 적들이 많기에 치호는 이 녀석에게 더 이상 시간을 할애할 수 없었다.

"잘 가라."

치호의 검은 무정하게 녀석의 머리를 향해 휘둘러졌고 상대는 그저 죽음을 확신한 듯 그저 두 눈을 꼭 감은 채로 반항조차 하지 못했다.

근접한 치호에게서 뿜어져 나오는 살기가 마치 항거할 수 없는 천적을 만난 것처럼 상대방을 옭아맨 것이다.

쓰컥.

우수수수.

치호의 검이 대기를 갈랐으나 피의 분수도 터지지 않았고 비명도 들리지 않았다.

치호가 얼굴을 찡그렸다.

"너희들 뭐야."

치호가 단숨에 목을 베려고 했지만, 그 순간 상대에게서 무엇인가를 발견하고 재빨리 검의 궤도를 틀어 녀석을 비껴간 것이다.

다행스럽게도 치호는 녀석을 베지 않고 녀석 뒤의 나무만 한그루 베어 넘겼다.

하지만 치호는 찡그린 표정을 풀지 않은 채 녀석에게 다시 한번 물었다.

"두 번 묻지 않는다. 너희 여신 교단 소속이냐?"

치호가 상대를 베어 넘기기 직전 녀석의 무구 안쪽의 셔츠 카라에 수놓아진 여신 교단의 마크를 발견한 것이다.

그 때문에 치호는 재빨리 검의 궤도를 수정해 녀석의 목숨을 거두지 않았다.

"허어……."

하지만 녀석은 정신을 놓았는지 오줌 지린 채 멍한 표정으로 치호를 멍청하게 보고 있을 뿐이었다.

"모두 돌아와! 교전 중지!"

치호는 일행에게 동시에 외쳤다. 그러자 막 공격을 감행하려던 일행이 재빨리 몸을 뒤로 빼기 시작했다.

"뭐… 뭐야? 갑자기 왜 그래?"

"아저씨 무슨 일이에요?"

"녀석들 실력은 있는 것 같지만, 우리가 상대 못 할 건 아니에요. 한번 해볼 만할 것 같은데요?"

모여든 일행들은 제각각 한마디씩 했지만, 그 누구도 상대에게 겁먹은 이들은 없는 것 같았다. 주변을 둘러싼 적들이 숫자는 많지만 실력 면에서 압도적으로 치호 일행이 높아서 자신감이 넘치는 것이다.

"잠깐 기다려 봐. 어쩌면 적이 아닐 수도 있어."

"하지만… 녀석들이 숨어서 기회를 노리는 걸 너도 느꼈잖아? 필드에서는 이딴 짓 하면 죽어도 할 말 없는 거라고. 알잖아?"

"그래. 안다."

치호는 대진에게 고개를 끄덕이며 말했다.

그런 상식이야 치호도 잘 알기 때문이었다. 하지만 괜한 적을 만들 필요는 없기에 최대한 살생을 하지 않으려는 것이다.

다섯 번째 필드의 분위기를 제대로 파악도 못 했는데 괜히 처음부터 적을 만드는 건 멍청한 짓이기 때문이다.

더군다나 상대가 여신 교단의 인물로 예상된다면 일이 잘 풀릴 가능성이 컸다.

"거기 숨은 놈들! 전부 나와! 나오지 않으면 이 녀석은 바로 재가 되어 사라질 거다."

치호는 자신 앞에서 오줌 지리고 있는 녀석의 목덜미를 잡아채고 검을 들이밀었다.

그러자 숨어 있던 녀석들은 이를 악물고 한 명씩 모습을 드러내기 시작했다.

'그래도 최소한 동료를 버리는 놈들은 아닌가 보군.'

녀석들이 하나둘 모습을 드러내자 치호는 계속해서 말을 잇기 시작했다.

"너희들 여신 교단 소속인가?"

"흥, 그걸 알아서 뭐 하게! 죽일 생각이면 깔끔하게 죽여! 또 괴물로 만들 생각이면 어서 만들고! 우리가 두려워할 줄 알아?"

"결국엔 여신이 이길 거다. 지금 그렇게 기고만장할지라도 신탁의 주인께서 오시면 반드시 너희들을 응징해 주실 거야."

치호는 녀석들이 외치는 말을 듣고 피식 웃었다. 그러고는 가슴팍에 있는 브로치를 떼어내 녀석에게 툭 던졌다. 만약 녀석들이 여신 교단의 녀석들이라면 브로치를 알아볼 것 같았기 때문이다.

"피… 피해! 녀석이 허튼수작을 부린다!"

하지만 녀석들은 치호가 던지는 물건에 기겁하며 흩어졌고, 잠시 후 아무런 일도 일어나지 않자 멍한 표정을 지을 뿐이었다.

"치호, 저 녀석들 바보 아닐까? 뭘 저렇게 쫄아 있는 거야? 가만 보면 여신 교단 녀석들 같은데… 왜 저렇게 쫄보가 된 거지?"

"글쎄… 나도 어떻게 된 일인지 모르겠군."

실력을 봐서는 분명 네 번째 필드의 여신 교단 녀석들보다 뛰어난 것 같은데 기묘하게 겁이 많은 것 같았다.

처음부터 모습을 드러내지 않고 망설인 것도 녀석들이 어쩌면 다른 의도가 있어서 그런 게 아니고 겁이 많아 다소 망설였던 것이지 모른다는 생각이 들었다.

치호가 녀석들의 행동을 주시하고 있을 때 치호가 던진 브로치 주변으로 한두 명씩 거리를 좁히기 시작했다.

치호가 던진 물건의 정체를 확인하려는 것이다.

"허, 헉! 이건!"

"여신님의 브로치다! 확실한 여신님의 브로치야!"

"이걸 갖고 있다는 건… 저분이 신탁의 주인?"

"드… 드디어 오셨다!"

그러길 잠시, 그들 역시 물건의 정체를 파악했는지 치호 앞에 재빨리 몰려들어 고개를 숙이기 시작했다.

"신탁의 주인이시여! 드디어 오셨군요! 기다리고 있었습니다!"

녀석들은 언제 적대했냐는 듯 무기를 집어넣고 고개를 숙였다. 그런 녀석들의 어처구니없는 태도에 대진은 치호를 멍하니 바라볼 뿐이었고, 메이와 미소 역시 치호의 결정을 기다렸다.

"하아… 너희들 여신 교단 놈들이 맞는 거냐?"

"예! 여신님을 섬기고 있습니다!"

"미치겠군."

치호는 파멸의 조각을 다시금 집어넣고는 한숨을 내쉬었다. 뭔가 생각했던 다섯 번째 필드의 여신 교단과는 조금 이미지가 달랐다.

잠시 고민하던 치호가 한숨을 내쉬며 손에 들었던 파멸의 조각을 다시 집어넣었다. 상대에게서 살기나 수작을 부리는 낌새 같은 게 전혀 느껴지지 않았기 때문이었다.

그저 한숨을 쉬며 그들에게 물어보았다.

"여신 교단이 언제부터 테스터들을 노리는 질 낮은 하이에나가 된 거지? 교단에게 실망이군."

치호는 진심으로 여신 교단의 행태에 관해 실망했기에 그들을 책망하듯 말했다.

하지만 녀석들은 뭔가 할 말이 잔뜩이라는 듯한 분위기와 함께 억울하다는 듯한 표정을 지었다.

"치호, 뭔가 사정이 있지 않을까?"

"으흠."

"그런데 다섯 번째 필드는 네 번째 필드의 교단에서 엄선된 강자만 올라가는 거 아니었어요? 다른 세력들에 비하면… 글쎄요?"

"확실히 메이 말이 맞아요. 지금까지 상대했던 네 번째 필드의 강자들에 비하면 그다지 놀라울 정도는 아닌 것 같아요."

대진이 치호에게 대화의 물꼬를 트자 메이와 미소 역시 기다렸다는 듯 자신의 의견을 내기 시작했다.

하지만 그들의 말도 일리가 있었다.

치호의 검을 한 번 받아낸 것은 그렇다 치더라도 콴이나 얀센, 그리고 얀센을 따르던 강자에 비하면 턱없이 나약한 모습이었기 때문이었다.

치호 일행이 대화를 막 시작할 무렵 치호를 습격하려 했던 여신 교단의 대표로 보이는 이가 나섰다.

아무래도 일행들의 의문을 풀어줄 모양이었다.

"저… 그 부분에 관해서는 제가 한 말씀 올려도 되겠습니까?"

"올리긴 뭘 올려. 그냥 편하게 말해. 같은 테스터에게 그런 말 듣는 것도 좀 불편하군."

"아닙니다. 저는 이게 편합니다."

치호는 내부를 통합한 다음부터는 자신을 타인과 다른 존재처럼 대하는 이들의 말 자체가 별로 마음에 들지 않아 지적했으나 여신 교단 녀석들에게는 씨알도 안 먹히는 것 같았다.

치호는 한숨을 내쉬며 녀석의 말이나 들어보기로 했다. 어째 다섯 번째 필드에 오자마자 한숨이 끊이질 않는 걸 보면 별로 느낌이 좋은 필드는 아니었다.

"실은 저희가 빛의 기둥을 감시하는 이유는 따로 있습니다."

"빛의 기둥이라면… 통로가 개척될 때 나타나는 빛무리를 말하는 것인가?"

"그렇습니다. 통로를 이용해 필드로 넘어올 때는 빛의 기둥이 하늘에서 떨어지니까요."

"그런데 그걸 감시한다? 뉘앙스가 묘한데?"

어쩐지 여신 교단은 통로를 이용해 새로운 테스터가 넘어오는 걸 극도로 꺼리는 듯한 분위기였다. 뭔가 녀석이 말하는 뉘앙스에 부정적인 감정이 담겨 있었다.

"실은 다섯 번째 필드는 전쟁 중입니다."

치호는 녀석이 한 말에 그저 다시 한번 한숨을 내쉬었다. 혹시나 했는데 이곳에서도 지루한 세력 싸움이 일어나고 있는 것 같았다.

"별로 놀랍지도 않군. 그런 세력 싸움 따위는 네 번째 필드에서도 지겹게 하고 있었는데 다섯 번째 필드에서도 그런 짓을 하고 있다니… 그렇게 권력이 가지고 싶었나?"

가만 보면 인간을 위한다고 하던 여신 교단은 어떤 필드에 가나 빠짐없이 전쟁을 하고 있거나 끝없는 전투를 하고 있었다. 어쩌면 여신 교단을 먼저 제거해 버리면 필드의 평화가 올 것 같은 느낌마저도 들 정도였다.

치호가 미간을 찌푸리며 부정적인 말을 하자 교단의 대표로 나와 이야기를 하던 녀석은 화들짝 놀라며 다시금 말을 수정하기 시작했다.

"이런… 오해가 있으신 것 같습니다. 지금 치르고 있는 전쟁은 고작 세력 싸움 같은 게 아닙니다."

"세력 싸움이 아니다? 무슨 의미지?"

"지금 전쟁은 반드시 이겨야만 하는 전쟁입니다. 우리 인간들의 운명이 걸린 전쟁이니까요."

"운명?"

치호를 비롯한 일행들이 녀석의 말에 호기심을 보이자 그제야 조금 안심이 되었는지 편안하게 말을 이어가기 시작했다.

"실은 이곳에서 인간은 그 어떤 필드에서보다 단결되어 있습니다. 세력도, 파벌도 없습니다. 오로지 적을 향해 복수의 칼날을 갈 뿐이지요."

"호오… 세력도 파벌도 없다? 재미있군."

"안됩니다. 그렇게 가볍게 보시면 절대 안 됩니다. 지금 치르는 전쟁에서 패배하게 되면… 그땐 정말 희망이 없습니다."

치호는 재미있다는 듯한 태도를 보였으나 교단 녀석들은 전혀 즐거워 보이는 표정이 아니었다. 매우 진지하고 진심이 담긴 얼굴이었다.

'대체 뭐가 이들을 이렇게 만든 거지? 네 번째 필드의 스테인이나 그림자 사제 쉐이퍼도 이런 언급을 하지 않았는데? 대체 무슨 일이 일어난 거지?'

치호는 이들의 표정에 드리운 어두운 그림자를 감지하고 이들이 느끼는 위기감이 보통이 아니란 것을 깨달았다. 하지만 지난 필드에서 교단의 녀석들과도 많은 대화를 나누어 보았지만 이런 상황은 전해 들은 게 없어서 치호는 더욱 궁금했다.

"한번 설명해 봐. 대체 상대는 누구인지, 무엇 때문에 전쟁에서 지면 안 된다는 거지?"

치호는 진지하게 말했고 교단의 녀석도 그런 치호의 태도에 긴장했는지 침을 꿀꺽 삼키고는 현재 상황에 관해 천천히 설명하기 시작했다.

"치호 님… 혹시 감시자들에 관해 알고 계시는 것 있으십니까? 아니면 이 세계를 만든 자들에 관해 궁금한 적 없으십니까?"

녀석의 말에 치호는 눈썹이 꿈틀거렸다. 그들에 관한 것이 이런 일반 테스터들의 입에서 나올 줄 상상도 못한 것이다. 네 번째 필드에서도 콴이나 로펠로 등 최고위급 이들만 알고 있는 사실을 이곳 다섯 번째 필드에서는 일반 테스터들이 언급을 하고 있다.

"감시자라… 누구보다 잘 안다고 해야 할지 아무것도 모른다고 해야 할지 감을 잡지 못하겠군. 하지만 그들이 내 적이라는 것만은 확실하지."

사실 치호는 직접 감시자의 목을 베어버리고 쫓아버린 적이 있으나 그렇다고 해서 그들에 관해 안다고 말할 수도 없었기 때문이다.

지금껏 치호는 그들에게 동물원의 원숭이처럼 관찰당하고 있었을 뿐이니 딱히 할 말이 없는 것이다.

하지만 교단 녀석은 치호가 그들을 적이라고 언급한 것만으로도 마음이 놓였는지 표정이 밝아졌다.

"후… 다행입니다. 혹여나 감시자들에 관해 잘못 알고 계시거나 호감을 가지고 계시면 어쩌나 했습니다."

"호감? 그들에게 호감을 가진 이들이 있나? 어처구니가 없군."

치호는 녀석의 말에 어처구니가 없었지만 계속해서 이어지는 녀석의 말에 눈을 부릅떴다.

"실은 저희 인간들과 맞상대하고 있는 적이 바로 그 감시자들입니다."

"뭐? 감시자들이 적이라고?"

"그렇습니다. 이곳 다섯 번째 필드에서는 인간과 감시자들이 서로 치열하게 전쟁을 벌이고 있는 상황입니다. 하지만… 상황이 좋지 않습니다."

치호가 일행들을 보니 대진, 메이, 미소 모두 입만 벌리고 있을 뿐이었다. 뭐라고 답을 해야 할지 도무지 떠오르지 않았다. 하지만 이내 마음을 정리한 치호가 재빨리 녀석에게 물었다.

"그들의 무력은 어느 수준이지? 테스터들이 그들과 맞상대할 수 있나? 내가 경험한 바로는 테스터들 수준으로는 힘들텐데?"

"헉! 이미 감시자들을 만나신 적 있으십니까? 그러고도 살아 계신 겁니까? 허… 역시 신탁의 주인!"

"지금은 그게 중요한 게 아니다. 내가 경험한 그들의 무력은 보통이 아니었는데… 게다가 그들은 묘하게 죽질 않더군. 그런 이들을 어떻게 상대하고 있다는 거지?"

치호는 녀석에게 궁금증을 쏟아냈고 녀석 또한 차분히 아는 범위 내에서는 답을 해주시 시작했다.

"일단 다른 필드에 파견되어 있는 감시자들은 애초에 죽지 않습니다. 그들의 진정한 육체는 이곳에 있고 사념체만 필드를 넘어 감시하고 있는 것이기 때문에 죽지 않는 것이죠. 그리고 무력은 치호 님이 느끼신 이전 필드에서 느끼신 감시자들처럼 강한 이들만 있는 것은 아니니 걱정하지 않으셔도 됩니다."

"강한 이들만 있는 건 아니다?"

"예. 애초에 다른 필드를 관장하는 감시자는 감시자 중에서도 그 무력을 인정받아 필드를 관리할 권리를 부여받은 것이니까요. 그렇기에 그들이 특출하게 강한 것이라 할 수 있습니다. 그런데 그런 감시자를 상대하시고도 이곳에 모습을 드러내시다니… 정말 존경스럽습니다."

녀석은 진심으로 치호를 존경한다는 듯한 눈빛으로 바라봤고 말도 많아졌다.

하지만 치호는 그런 녀석의 말을 곱씹었다. 확실히 콴과 알란의 말처럼 필드의 분위기가 급변했다.

'확실히 분위기가 바뀌긴 했다만… 어째서?'

치호는 궁극적인 의문이 사라지지 않았다. 어째서 그들이 직접 모습을 드러내 인간들과 직접 싸움을 하고 있는지 이해가 되지 않았기 때문이다. 오히려 네 번째 필드에서처럼 교묘하게 인간을 이용하고 서로 간의 불신과 공포를 조장해 통치하는 게 편했을 텐데 그들이 직접 모습을 드러낸 까닭이 이해되지 않은 것이다.

치호가 생각에 빠져드는 동안 대진도 호기심이 생겼는지 교단 녀석들에게 궁금한 것을 묻기 시작했다. 궁금증을 참지 못하는 대진의 호기심이 발동한 것이다.

"그런데 말이야. 너희들은 왜 여기서 테스터들을 습격하려고 몰려다니는 거야? 너희들이 말했잖아. 인간들은 서로 단합하고 있다고. 그런데 너희들의 행동은 그게 아닌데?"

뜻밖에 대진이 핵심을 찌르는 질문을 했고 치호 역시 그물음의 답을 기다렸다. 치호도 궁금했던 것이다.

"그것은 필드에 감시자들에게 동조하는 세력이 충원되는 걸 방지하기 위해서입니다."

"뭐? 감시자들에게 동조하는 세력?"

"네, 가끔 감시자들의 편에 서는 테스터들이 있습니다. 그리고 넘어온 그들은 무지막지한 힘과 무력을 자랑하죠. 그렇기 때문에 만약 그런 이들이 넘어온다면 이곳에서 타 세력에 합류하기 전에 처리하려고 빛의 기둥을 감시하는 것입니다."

치호는 교단 소속 테스터의 말에 고개를 끄덕였다. 짚이는 인물이 떠올랐기 때문이었다.

'콴 같은 인물들인가? 알란 같은 이들일 수도 있겠군.'

그 두 사람 역시 무력적으로 대단했기에 치호는 교단의 테스터가 말하는 말을 이해할 수 있었다. 더욱이 그들은 감시자들과도 엮여 있었기 때문에 자신의 예상이 틀리지 않는다면 분명 콴도 네 번째 필드를 제패한 후 다섯 번째 필드로 넘어왔을 것이 뻔했다.

'감시자 놈들은 그런 식으로 세력을 늘려 나아가는 건가?'

대충 다섯 번째 필드가 어떤 양상으로 이루어지고 있는지 감을 잡을 수가 있었다. 그때 문득 인간 측의 수장은 누구일지 궁금해지기 시작했다. 중구난방이고 이기적인 인간들을 한데 묶어 감시자들과 대적하고 있는 이가 궁금해졌기 때문이다.

"그렇다면 인간… 아니, 테스터들을 이끄는 이는 누구지?"

치호가 교단의 테스터에게 물었지만, 오히려 왜 그런 걸 묻는지 이해하지 못하는 것 같았다.

"저… 치호 님? 저희가 여신 교단이지 않습니까?"

"그렇지."

"그럼 저희가 따르는 게 누구겠습니까?"

테스터의 말에 잠시 멍한 표정을 짓던 치호는 천천히 말을 잇기 시작했다.

"여… 신?"

"그렇습니다. 저희를 이끌고 계시는 것은 여신님입니다."

"하아… 미치겠군."

치호는 여신 교단의 테스터가 말하는 어처구니없는 말에 한숨을 내쉬었고 일행들 역시 어떻게 반응해야 할지 몰라 기묘한 표정을 지었다.

잠시 생각을 정리하던 치호는 교단의 테스터에게 일행들을 대신하여 다시금 이야기를 이어갔다. 일행들은 지금 교단의 테스터가 한 말 때문에 서로 의견을 나누느라 정신이 없었던 것이다.

"네 말은 그 여신이란 존재가 실존한다는 뜻인가?"

"놀라시는 것도 당연합니다. 저희도 이곳에 와서야 알게 되었으니까요."

"대체… 어떻게 돌아가는 건지 모르겠군."

치호는 얼굴을 구기면서도 동시에 흥미롭다는 생각이 동시에 들었다. 어쩌면 영웅 세크의 동료라고 알려져 있는 여신을 직접 만날 수도 있었기 때문이다.

"그렇다면 말이야. 우리가 그 여신이란 존재를 만날 수도 있는 건가?"

"물론입니다. 여신님은 신탁의 주인이신 치호 님을 기다리고 계셨습니다. 처음부터."

"처음부터?"

테스터가 말한 처음부터란 의미를 정확하게 알 수 없었다. 하지만 교단의 테스터 역시 충분히 이해한다는 표정으로 설명해주었다.

"여신님께서는 치호 님이 이곳 필드에 처음 발을 디뎠을 때부터 지켜보고 계셨습니다. 그리고 치호 님과 만날 날만을 기다려 왔지요."

"하… 참, 유쾌한 기분은 아니군. 여신이나 감시자나… 아무튼 여신에게 우릴 안내해 줄 수 있나?"

"물론입니다. 최대한 빨리 모시겠습니다."

대화를 나누던 테스터는 치호의 말에 빠르게 이동할 준비를 하는 것 같았다.

하지만 치호는 여신이란 존재가 자신을 지켜봐 왔다는 말이 별로 마음에 들지 않았다. 여신의 행태가 감시자와 별반 다르지 않았기 때문이었다.

치호가 여신에 관해 생각하고 있을 때 일행들이 치호에게 말을 걸었다. 일이 어떻게 돌아가는지 정신이 없었기 때문이다.

"치호, 쟤들이 하는 말이 진짜일까? 그 여신이란 게 살아 있다고? 미치겠네."

"설마… 그냥 상징적인 인물 아닐까요? 그 왜 있잖아요. 몇 대 여신이니 어쩌니 하는 것들 말이에요."

"하지만 이곳은 필드라… 어쩐지 불안하기도 해요. 치호 아저씨는 어떻게 생각하세요?"

일행들은 각자 한마디씩 치호에게 물었지만 치호 역시 확답을 줄 수 없었다. 마지막으로 말한 미소의 말처럼 이곳은 필드기 때문에 속단하는 것은 의미가 없었기 때문이다.

"뭐… 가보면 알겠지. 아직 속단하기는 이르니까."

"치, 치호. 여신을 만나면 말이야. 나한테 해코지하는 것 아닐까? 예전에 내가 좀… 교단 놈들한테 한 짓이 있잖아."

"걱정하지 마라. 그럴 거였으면 수배조차 풀지 않았을 테 니까."

"그… 그래도 어째 불안한데? 에휴… 이래서 사람은 죄짓 고는 못 산다니까… 아니지, 내가 무슨 잘못을 했다고! 내가 뭔 죄를 지었는데? 맞아. 난 정당방위니까. 흠흠."

대진은 여신을 만난다는 게 여간 불안한 모양인지 횡설수설했고, 일행들은 그 어처구니없는 모습을 보며 잠시나마 얼굴에 미소를 지을 수 있었다.

'후… 다섯 번째 필드에 오자마자 이게 무슨 일인가 싶긴

해도 만나보면 알겠지.'

치호 역시 다소 정신이 없었지만 여신을 만나면 어떤 식으로든 해결이 될 거라 생각했다.

여신은 영웅과 직접적인 연관이 있으니 어떤 식으로든 좋은 정보를 얻을 수 있을 것 같았기 때문이다.

'그건 그렇고 일단 퀘스트부터 확인해야겠어. 아까부터 깜빡깜빡 거슬리는군.'

여신 교단 녀석들이 떠날 채비를 완료하기 전에 치호는 재빨리 메시지 창의 새로운 퀘스트를 체크하기 시작했다. 필드에 오자마자 상황이 급박하게 돌아가다 보니 아직 퀘스트 확인을 못 했기 때문이다.

[에픽 퀘스트—진리의 장]
—발동 조건:
1. 여신이 존재하는 필드에 존재하는 자.
2. 진실의 조각을 회수하는 자.
3. 스스로를 이겨낸 자.

—내용: 시공의 틈바구니에서 스스로를 이겨내고 영웅 세크의 안배를 하나씩 회수해 온 당신에게 경의를 표하며 이 여정의 마지막 퀘스트를 수여합니다.

당신이 계신 필드에 여신이 존재합니다. 과거의 잔재인 여신을 만나 마지막 진실의 조각을 얻어 무엇이 진실인지 무엇이 거짓인지 파악하고 스스로 진리의 길을 개척하세요.

'호오… 여신이 확실히 있긴 있는 모양이군.'

치호는 퀘스트를 읽어 내리며 여신의 존재에 관해 확신하기 시작했다. 더욱이 여신 교단의 녀석들을 만난 게 일이 잘 풀린 것처럼 느껴졌다.

여신을 직접 찾아야 할 수고를 덜었기 때문이다.

"다들 퀘스트부터 확인해 봐. 여신이란 존재가 진짜 있긴 한 모양이야. 그 여신이 영웅 세크의 동료인 여신인지 아닌지는 몰라도 여신이라고 인정받는 존재가 있는 건 틀림없군."

"뭣? 잠깐 기다려봐. 퀘스트 좀 읽어보고."

"허… 진짜네요. 뭔가 있긴 있는 모양이에요."

"그런데 아저씨는 언제 스스로를 이겨냈어요?"

미소의 날카로운 질문에 치호는 일순 뭐라고 답을 해야 할지 몰랐다. 지난번 수트람에서 적당히 괴물들을 처리했다고 말했기 때문이다.

"흠… 괴물들을 혼자 싸우면서 이긴 걸 스스로를 이겼다고 하는가 보군. 정확한 건 나도 몰라."

"에… 하긴 그런 공간 자체에서 혼자 이겨내고 퀘스트를 완료한 걸 그렇게 볼 수도 있겠네요. 저라면 그냥 포기했을 지도 모르니까요."

"뭐… 그런 거지."

미소는 홀로 남겨진다는 것에 대한 공포를 스스로도 잘 알기에 치호의 말을 넘겨짚는 것 같았다. 물론 진실은 아니지만 미소는 나름대로 납득을 한 것 같았다.

"치호 님, 준비되었습니다. 이제 떠나시면 됩니다."

"여신이 있는 곳까지는 얼마나 걸리지?"

"멀지 않습니다. 별다른 일이 없다면 일주일 정도면 충분할 것 같습니다."

"후… 좋아. 그럼 출발하지."

치호의 말에 교단의 테스터들은 앞장서서 치호 일행을 이끌기 시작했고, 일행들 역시 그런 테스터들을 말없이 뒤따르며 다섯 번째 필드의 분위기를 살핌과 동시에 빠르게 움직였다.

*　　　　*　　　　*

"마틀라 님. 세투입니다. 들어가도 되겠습니까?"

스스로를 세투라고 소개한 인물은 공손하게 방 안쪽의 답을 기다렸다. 그의 모습은 마치 검은 안개가 온몸을 뒤덮고 있는 것 같은 모습이었고 그 때문에 그가 착용한 장비도 체구도 어림짐작이 되지 않았다. 하지만 그가 뿜어내는 기세는 누군가에게 이렇게 공손하게 대할 것 같은 느낌은 아니었다.

어딘가 세력의 수장이었으면 몰라도 누군가에게 이런 식으로 허리 숙일 만한 기세가 아닌 것이다. 하지만 그럼에도 세투는 방문 밖에서 방 안쪽의 답을 기다리고 있었다.

"들어오라."

방 안쪽에서 허락이 떨어지자 세투는 그제야 방문을 열고 조심스레 안쪽으로 들어갈 수 있었다.

그곳에서는 한 사내가 뜨거운 김이 모락모락 나는 욕조에 몸을 담그고 심신을 안정시키고 있는 것 같았다.

"오래간만에 뵙겠습니다. 마틀라 님."

"그래, 오랜만이구나, 세투."

마틀라라고 불린 사내는 세투의 말에도 무심히 욕조 안에서 몸을 풀어낼 뿐이었다.

다소 무례한 행동임에도 불구하고 세투는 그저 고개를 숙이며 말을 계속 이었다.

"콴 녀석이 제대로 일을 처리하지 못했다는 이야기는 들었습니다. 괜찮으십니까?"

"후우… 테스터란 놈들은 항상 그런 법이지. 언제나 기대를 충족시킬 수는 없으니까."

"오랜 시간을 들여 계획한 일인데… 아쉽게 됐습니다."

"괜찮다. 나름 재미있는 소득을 얻었으니까."

마틀라는 그렇게 말하며 자신의 목 언저리를 손으로 쓰다 듬었다. 그가 쓰다듬는 목 언저리에 얇은 실선 하나가 보이는 것 같았다.

"마틀라 님이 무언가를 얻으셨다면 그것으로 충분하지요. 콴 녀석 같은 놈들은 널렸으니까요. 다만 알란 녀석은 조금 아쉽게 됐습니다."

"그래, 콴 같은 허접한 녀석보다 스스로 그 정도로 강해진 알란이 아쉽긴 하지. 감시자 후보생이었으니까."

"예. 적당히 반항심도 있고 테스터들에 관해 동정심을 갖지 않는 데다 목표를 향해 움직이는 모습까지… 감시자로서는 제격이었는데 아쉽습니다."

세투의 말에 마틀라는 고개를 끄덕이며 크게 숨을 내쉬었다.

"그렇지. 오래간만에 쓸 만한 놈이 나왔나 싶었는데… 뭐 별수 없지. 그놈은 거기까지가 한계인 것이지."

마틀라는 잠시 알란에 관해 생각하는 것 같더니 세투에게 다시금 물음을 던졌다.

"그런데 왜 이곳까지 날 찾은 것이지? 육체로 돌아온 지 얼마 되지 않아서 방해하지 말라고 했을 텐데?"

"아… 지난번에 마틀라 님이 돌아오셔서 말했던 인물이 다섯 번째 필드에서 감지되었기에 찾아왔습니다."

"호오… 그 치호 놈이 왔단 말이지?"

"그렇습니다. 그런데 녀석이 어떤 수를 썼는지 흔적이 점 점 흐려지고 있습니다. 저희의 감시를 방해하는 무언가의 힘 이 느껴집니다."

지금 대화를 나누고 있는 이들은 감시자인 듯 치호의 감 시 건에 관해 이야기를 나누고 있었다.

하지만 치호가 가진 〈등불 호신부〉 덕에 감시가 수월하 지는 않은지 세투가 조심스레 마틀라에게 말하고 있는 것이 다.

"아, 그들은 제대로 감시를 할 수 없을 거다. 나도 애먹었 으니까."

"그렇다는 것은… 그들이?"

"그래, 〈등불 호신부〉를 만들어서 가지고 다니더군."

"하… 죄송합니다. 제가 세 번째 필드에서 장인들의 더러 운 피를 완전히 끊어 놨어야 했는데… 괜히 고생시켜 드렸군 요."

세투는 자신의 실책이라는 듯 머리를 조아렸고 그런 세투 의 행동에 마틀라는 고개를 저으며 말했다.

"세투, 괜찮다. 덕분에 더욱 재미있어졌으니까."

"하지만… 위험하지 않겠습니까? 더욱이 놈들은 그분께서도 신경 쓰는 자 아닙니까?"

"세투, 세투여. 이 어리석은 세투여. 그렇기에 더 재미있다는 것이다. 긴 세월 속에 그분께서 직접 관심을 보이는 테스터라니… 흥미롭지 않으냐? 더욱이 놈은 필드를 거칠수록 더욱 강해지고 있다. 다섯 번째 필드에서 그의 진면목을 볼 수 있겠지."

"하… 하지만."

세투는 마틀라의 말에 무어라 답을 하고 싶었지만, 목까지 차오른 그 말을 꾹 눌러 담았다. 그런 세투를 보며 마틀라가 웃으며 말을 잇기 시작했다.

"네 마음은 안다. 세투. 그러니 그런 표정 지을 것 없다."

마틀라의 말에 세투는 고개를 끄덕였다. 그 모습을 보던 마틀라는 잠시 고민을 하는 것 같더니 이내 세투에게 명령했다.

"흐음… 일단 이곳 다섯 번째 필드에 왔다면 환영 인사쯤해주는 게 도리겠지. 세투, 녀석의 흔적이 완전히 사라지기 전에 감시자급 넷을 보내라."

"네… 넷이나 말입니까?"

"그래. 넷도 부족해 보이긴 하다만… 환영 인사니 그 정도면 충분하겠지. 녀석의 검은 생각보다 날카롭거든."

"알겠습니다."

세투는 마틀라의 명령에 고개를 숙이고 천천히 방을 나섰고 홀로 남겨진 마틀라는 조심스레 목 언저리를 쓰다듬으며 치호와 만났을 때를 상기했다. 그런 마틀라의 얼굴에 알 수 없는 얕은 미소가 떠올랐다.

제10장

여신 교단 Ⅱ

"슬슬 도착할 시간이 된 것 같군."

"응? 아, 그 지도?"

"그래. 시간상으로 도착해야 할 곳은 한 곳밖에 없군."

치호는 이동하면서도 지도를 확인했다. 언제 무슨 일이 일어날지 모르는 상황에서 지형을 파악하는 것은 가장 중요하기 때문이다.

하지만 지도의 나타난 바에 의하면 오늘 저녁 안으로는 도착할 거리에 거점 하나가 표기되어 있었다. 아마도 그곳이 여신 교단들의 목적지가 틀림없는 것 같았다.

치호와 대진이 두런두런 이야기를 나눌 때 갑작스레 치호가 걸음을 멈추고 선행하는 교단의 테스터들을 불러 세웠다.

"12시 방향, 5마리 접근 중이다."

"알겠습니다. 저희에게 맡겨만 주십시오."

"그래, 부탁하지."

치호 일행들은 익숙한 일이라는 듯 교단의 테스터들에게 괴물들의 처리를 맡겼다. 괴물들을 처리하는 데 있어서 교단의 테스터들도 충분히 잘 해내고 있었기에 믿고 맡기는 것이다.

카카칵!

괴물들은 모습을 드러내기가 무섭게 교단의 테스터들에 의해 숨통이 끊어졌다.

다섯 번째 필드에서는 치열한 전쟁의 결과 때문인지, 네 번째 필드에서 엄선된 자들만 올라오는 필드라서 그런지 모두가 베테랑처럼 보였다.

상대적으로 괴물들이 불쌍해 보일 정도니 교단의 테스터들의 실력은 알 만했다.

"그런데 말이야. 계속 저들에게 사냥을 맡겨도 될까?"

"레벨 때문에 그러나?"

"뭐, 저들이 말한 바로는 이곳에서 레벨은 의미가 없다고 하니까… 믿긴 하겠지만 그래도 한두 마리 정도는 괴물을 직접 처리해 봐야 하는 것 아닌가 싶어서 말이야."

"쓸데없는 데 힘 빼지 마라. 그리고 교단을 너무 믿지도 말고. 거점 안에서도 완벽하게 안전하리란 보장은 없으니 긴장 단단히 해. 이곳이 필드란 걸 잊은 건 아니겠지?"

대진은 몸이 근질근질 한 것인지 직접 사냥을 하고 싶은 모양이었다. 하지만 치호는 그런 대진을 만류했다.

다른 테스터들이 직접 해준다는데 굳이 나설 필요가 없기 때문이다.

오히려 이 기회를 잘 이용해야 한다. 상대방이 어떤 식의 전략을 구사하는지 그 완성도는 어느 정도인지, 그리고 개개인의 능력은 어느 정도가 되는지까지 모조리 파악할 수 있는 기회인데 이런 기회를 놓쳐서는 안 된다.

말 그대로 이곳은 필드이기에 누구도 믿을 수 없다. 그 때문에 여신도 같은 편이라고만 생각하면 곤란한 일이라 치호는 경각심을 가지는 것이다.

하지만 대진과 메이는 여신이라는 이름에 벌써 경계를 허문 듯한 모양이었다. 미소만이 여신의 이름 앞에서도 의심의 싹을 지우지 않고 경계하는 태도를 보였다.

'여신의 이름이라는 게 참… 묘하게도 잘 먹히는군.'

사실 여신 교단에 좋은 감정이 있을 리 없는 대진이 이렇게 의심을 풀고 있는 것은 조금 의외였다.

한마디로 여신 교단의 테스터들은 별로 좋아하지 않을망정 여신 교단 자체의 교리나 그 업적들에 관해 별로 나쁘게는 생각하지 않는다는 반증이었다.

그러니 직접 여신을 만나러 간다는 말에 저리도 신나 하는 것인지도 몰랐다.

'그게 아니라면 단순히 큐오의 호기심이 발동한 것일 수도 있으니 속단하긴 이르군. 다만 너무 경계를 풀지 않았으면 좋겠는데… 거점에서 별일 없었으면 좋겠군.'

치호는 다소 걱정이 되었지만 그렇다고 발걸음을 늦추거나 하지 않았다. 반드시 만나야 할 상대라면 일이 어떻게 풀리든 빨리 만나는 게 속 시원하기 때문이다.

치호가 여신 교단과 일행들에 관해 생각하고 있을 때 앞에서 위험한 괴물들을 정리하던 교단의 테스터가 다가와 친절하게 말했다.

"치호 님, 안전이 확보되었습니다. 다시 출발하셔도 될 것 같습니다."

"그렇군. 알았다."

치호의 〈광인의 영역 선포〉에도 그 어떤 기척이 걸리지 않았기에 다시금 발걸음을 옮기기 시작했다.

얼마나 걸었는지 이미 하늘을 밝게 비추던 태양은 온데간

데없이 사라지고 밤의 시작을 알리는 밤하늘의 달이 떠올랐다. 그리고 일행들도 여신이 있다는 거점에 드디어 들어온 것 같았다.

거점의 방어막을 해제하고 그 안에 들어온 치호 일행에게 교단의 테스터 하나가 나와 소개를 시작한 것이다.

"이곳이 바로 여신님이 현재 머무르고 계신 거점 에이븐입니다. 제가 먼저 가서 소식을 알리고 준비해 두겠습니다. 그러니 천천히 구경하시다가 일행을 따라오시면 됩니다."

치호는 그저 고개를 끄덕였고 거점을 소개하던 테스터가 거점 안쪽으로 빠르게 사라졌다. 하지만 다른 여신의 테스터들은 그저 평온하게 거점 에이븐으로 천천히 들어갈 뿐이었다.

'호오… 이곳은 어째서 성벽이 없는 거지?'

지금까지 다른 필드에서는 모두 성벽이 있었는데 이곳 거점은 특이하게 성벽 같은 게 보이지 않았다. 게다가 집집마다 넝쿨 식물들도 자라 있고 어딘지 풍요로운 듯한 이미지였다.

"아저씨, 이 거점에 들어온 후부터 어딘지 모르게 포근한 느낌이 드는 건 그냥 기분 탓이겠죠?"

"포근한 기분이 들어?"

"네… 그냥 그렇다기보다 조금 마음이 편해지는 것 같아요."

"언니도 그랬어요? 저도… 그래서 조금 이상하다고 생각하고 있었는데… 확실히 우리는 뭔가 통하는 게 있긴 있나 봐요!"

"망할 계집이 쓸데없는 소릴 또 하고 있네. 통하긴 개뿔이
통해? 그냥 달빛이 따듯한가 보지!"

대진은 툴툴거리면서도 대화에 끼고 싶었는지 은근슬쩍
거리를 좁히기 시작했다. 치호는 그저 그런 이들을 보며 다
시 한번 긴장하라고 주의를 환기시킨 후 지형을 파악하기 시
작했다.

그것은 치호가 거점에 도착해서 가장 먼저 하는 것 중 하나
였다. 거점에서 문제가 생겼을 때 가장 안전하고 빠르게 빠져
나갈 수 있는 루트를 결정해 놓아야 했기에 치호는 지형 파악
을 매우 중요하게 생각했다.

'기묘하군. 마을의 배치가 참 기묘해.'

하지만 비상시 탈출 루트를 계획하던 치호는 그저 고개를
갸웃 흔들었다.

어쩐지 건물들의 배치가 기운들을 막고 있었던 것이다.

'저 위치에 저런 모양의 집을 지으면 기맥을 강제로 막는
다는 의미인데… 정확한 위치에 지었군. 마치 누군가 이곳을
설계한 것처럼.'

치호는 주변의 건물들의 배치를 확인하며 거점을 구경했
다. 건물들을 배치를 통해 기운이 한곳으로 몰리게 만들어
놓은 것 같은 기분이 들었기 때문이다.

'흐름을 만들어 한곳에 집중되게 해 놓았군. 그 위치는…
신전인가?'

거점 중앙에 위치한 신전으로 치호의 시선이 돌아갔고 그
때 일행들이 치호를 향해 말했다.

"신전이 가까워질수록 떨리는데? 후우."

"별일 없겠죠?"

"무슨 일 생기면 바로 도망가요. 아니… 싸워야 하나?"

다들 한마디씩 하기 시작했고 치호는 그런 일행들을 다독
이며 말했다.

"긴장할 게 뭐 있어? 우리가 지금까지 겪은 것들이 얼만데
겨우 이런 거에 떨어?"

"하지만 이건 완전 차원이 다른 일이잖아요. 에휴."

"차원이 다르긴 그런 거 없다. 그냥 똑같을 뿐이야."

치호는 일행들의 긴장을 풀어주기 위해 대화를 나누면서
도 신전을 향해 움직였다.

저곳에 여신이 있을 거라 확신했고 치호 일행을 안내하는
교단의 테스터들 역시 그곳으로 안내하고 있었기 때문이다.

잠시 후 거점의 중앙에 있는 신전에 도착했고 마치 일행을
기다렸다는 듯이 거대한 출입문이 천천히 열렸다.

"치호 님, 들어가시면 됩니다."

"알았다."

치호 일행은 테스터의 말에 신전 안으로 발걸음을 옮겼지만 다른 교단의 인물들은 더 이상 함께 들어오지는 않았다. 오로지 치호 일행에게만 허락된 방문이라는 듯 물러선 것이다.

'이곳이 여신이 있다는 곳인가?'

교단의 테스터가 안내해 준 문을 지나 복도를 따라 치호 일행은 생각 외로 수수한 신전의 내부를 구경하며 신전 안쪽으로 들어갔다. 조금 걸어가자 예배당처럼 생긴 곳에 한 여인이 무릎을 꿇고 기도를 올리고 있는 모습이 보였다.

치호는 그 낯선 인물을 향해 미간을 좁혔다. 어쩐지 보통의 테스터들과는 다르게 존재감이 희미했다.

'뭐지?'

금방이라도 꺼질 등불처럼 위태위태해 보이는 여인의 존재감은 치호의 시선을 붙잡았다. 그런 치호의 시선을 느꼈는지 기도를 올리고 있던 여인이 천천히 일어섰다.

그리고 기도를 마무리했는지 고개를 들고 치호 일행을 바라보며 말했다.

"반갑습니다. 여러분. 드디어 만나게 되는군요. 영웅의 안배를 따르는 자들이여."

여인의 말에 치호의 미간이 좁혀지며 그녀의 얼굴을 확인했다. 과연 지금까지 거쳐온 여신의 조각상에 있던 그대로의 모습을 한 여신이었다.

치호는 일행을 반기는 그 얼굴을 단번에 알아보았다. 과거 폐허가 된 신전에서 수없이 많은 괴물을 상대할 때 이상한 공간에서 보았던 여신의 모습 그대로였기 때문이다.

일행에게 천천히 걸어오는 여신의 모습을 확인한 치호는 그녀에게 나지막하게 물었다.

"너… 네가 그 여신인 건가?"

치호의 물음에 여신은 그저 조용히 고개를 끄덕일 뿐이었으나 일행들은 다소 실망한 듯한 모습이었다.

어쩐지 여신이라고 하면 후광이나 뭔가 압도하는 기세나 기운이 있을 거라 생각했는데 예상과는 전혀 달리 금방이라도 쓰러질 것 같은 느낌의 여신이었기 때문이다.

"테스터들은 저를 여신이라고 부르지만… 저는 그렇게 불릴 자격이 없는 사람입니다. 어쩌면 모든 테스터들에게 씻을 수 없는 죄를 짓고 있기 때문입니다."

"죄라… 재미있는 말을 하는군."

치호는 여신의 말에 흥미를 느꼈다. 애초에 금방이라도 사라질 것 같은 저 희미한 존재감 자체도 흥미로웠지만, 여신이 하는 말도 궁금해지기 시작한 것이다.

"그래, 왜 그런 생각을 하는 거지? 그리고 나에게 바라는 게 뭐지? 무엇을 바라기에 신탁의 주인이니 뭐니 하는 허울을 씌워 날 옭아맨 거지?"

그간 여신에게 궁금한 점이 많았기에 치호는 재빨리 물었고 여신은 그런 치호의 마음을 이해한다는 듯 고개를 끄덕였다.

"모두 말씀드리겠습니다. 지금 이 순간을 얼마나 기다려왔는지 모릅니다. 세크와 함께 꿈꾸던 그 시절부터 말입니다."

"세크와 함께 꿈꾸던 시절이라… 영웅 세크를 말하는 건가?"

"예. 그와 함께 그들에게 대항했고 실패했습니다. 하지만 그 실패의 대가는 혹독했지요."

여신은 자신의 오랜 과거를 회상하는 게 괴로운 듯한 표정을 지었으나 숨을 고르고 결심한 듯 말을 잇기 시작했다.

"모두 말씀드리겠습니다. 제가 왜 죄인인지… 제가 어째서 지금 이 자리에 있는 것인지 모두 말입니다. 따라오십시오. 이야기가 길어질 것 같습니다. 이곳에서 이야기를 나누기는 적절치 않군요."

여신은 그렇게 말하고는 일행을 작은 테이블이 있는 장소로 안내했고 치호 일행은 말없이 그런 여신의 행동을 따랐다. 치호는 이런 상황에서도 주변을 살피며 함정이 아닌지 확인하며 걸었지만, 대진을 비롯한 다른 일행들은 여신을 보고 얼이 빠진 것인지 정신이 나간 것 같은 표정을 지을 뿐이었다.

여신을 중심으로 테이블에 둘러앉은 일행들은 긴장된 표

정으로 분위기를 살피며 여신을 주시했다.

저 입에서 무슨 소리가 나올지 예측조차 할 수 없었기에 그저 여신이 하는 말을 기다릴 수밖에 없었다.

"여러분들… 아니, 그중에서도 치호 님은 이곳에서 마지막 진실의 조각을 찾으러 오셨겠지요?"

여신은 이미 치호가 이곳에 온 이유를 다 알고 있다는 듯 말을 하기 시작했고 치호는 그런 여신의 말을 부정하지 않았다. 여기까지 온 이상 숨길 것도 없었다.

"마지막 진실의 조각, 그걸 가지고 있나?"

"예, 하지만… 그걸 받으시면 더 이상 물러설 곳이 없습니다. 괜찮으시겠습니까?"

"물러설 곳? 애초에 그런 곳이 있었나?"

"물러설 곳이라면 많이 있지요. 여기서 퀘스트의 진행을 그만두고 필드의 어딘가에서 조용히 지내는 것도 방법이구요. 만약 이곳 다섯 번째 필드가 마음에 들지 않으면 필드를 이동할 아이템도 내어드릴 수 있어요. 방법은 많이 있습니다."

여신은 아마도 필드 간의 이동을 가능하게 하는 '토트샤의 깃털'을 말하는 것 같았다. 치호 역시 가지고 있는 물품이지만 딱히 쓸 생각이 없었는데 그것을 언급하는 걸 보면 진심인 것 같았다.

하지만 치호 역시 그럴 생각은 없었기에 여신에게 말했다.

"그런 식으로 물러설 거였으면 애초에 시작도 안 했다. 난 이 필드를 만든 녀석들이란 놈들을 꼭 봐야겠어."

"다만 그들을 보는 것만으로는 끝나지 않을 텐데요? 알고 계시지 않습니까? 감시자들에 관해서 말입니다. 그걸 피하려고 그 〈등불 호신부〉를 착용하고 계신 것 아닙니까?"

"호오, 이걸 알아보나?"

치호는 여신이 〈등불 호신부〉를 알아보는 걸 보고 의외라는 듯한 표정을 지었다. 생각해 보면 여신은 생각보다 아이템에 관해 많은 걸 알고 있는 것 같았다. 〈토트샤의 깃털〉도 그랬고 이번에는 직접 제작한 〈등불 호신부〉까지 알아보는 걸 보면 보통은 아니다.

그런 치호의 태도에 여신은 당연하다는 듯이 고개를 끄덕이며 말을 이어갔다.

"당연하지요. 제가 처음 만든 거니까요. 장인 벨리안과 함께 말입니다."

"벨리안? 그 벨리안하고 같은 시대 인물이란 뜻인가… 네가? 그럼 영웅 세크와도?"

치호는 여신의 말에 다시금 확인하기 위해 물었다. 어느 정도 예측은 하고 있어서 그다지 놀라지는 않았지만, 확실히 하고 넘어가야 했기 때문이다.

게다가 일행들은 이제는 이런 일로 놀라지 않는 것 같았다. 이미 여신이 있다는 것보다 더 놀랄 일은 없다는 듯 그저 여신의 말을 긴장한 채로 듣고 있을 뿐이었다.

"그렇습니다. 저는 전설의 시대를 온전히 기억하고 있는 마지막 인물입니다. 그리고 혹자는 제게 배신자라고도 하지만요."

"배신자라… 재미있단 말이야. 한때는 영웅의 동료로, 배신자로, 지금은 여신까지? 네 진짜 정체는 뭐지? 그리고 내가 네 말을 믿어야 할 이유는 뭐지?"

치호는 여신에게 다소 무례해 보이는 질문을 쏟아냈지만, 여신은 표정 하나 변하지 않고 침착하게 말을 이어가기 시작했다.

"저 역시 세크와 같은 목적으로 여행을 시작했습니다. 저희를 억압하는 존재에 관해서 그들을 쓰러뜨리기 위해서 함께 힘을 모은 것이죠. 하지만 그것은 오산이었습니다. 그를 대면했을 때 저는 느낄 수 있었습니다. 저희들의 계획은 성공하지 못할 것이란 걸요."

"호오… 그래서 딴 주머니라도 차셨나? 그 대가는 뭐… 지금까지 젊음을 유지하는 뭐, 그런 종류의 것이었나?"

치호는 일부러 여신을 흔들어 보려는 속셈으로 말을 거칠게 했지만 여신은 그저 고개를 저으며 그때 당시의 상황을 설명했다.

"아닙니다. 저는 당시 성공할 수 없다면 최선보다 차선을 선택해야 했습니다. 다음을 기약해야 했죠. 승리할 수 있는 다음 기회를요. 그때 제가 그들과 계약하지 않았다면 지금 당신들이 이 자리에 설 기회조차 없었을 것입니다."

"무슨 뜻이지?"

"지금 여러분들이 사용하고 있는 이 힘, 스킬의 힘이 어디에서 비롯되었다고 생각하십니까? 아이템들의 힘들은요? 바로 그게 그들의 힘입니다."

"스킬의 힘이라?"

치호는 미간을 좁히며 자신의 힘을 상기했다. 오랜 시간 함께해 온 검은 힘과 달리, 비슷하지만 이질적인 이 스킬의 힘이란 것에 관해 말이다.

하지만 정답은 나올 수 없었다. 애초에 밥을 먹는 것처럼 자연스레 사용할 수 있던 것이 이 스킬의 힘이다. 그런 것은 이곳에 도착한 테스터들 역시 모두 마찬가지일 터, 테스터들은 이 힘이 있기에 괴물에 대항하고 나아가 감시자들에게까지 대항하고 있는 것이다. 비록 상황을 좋지 않더라도 말이다.

"이게 그들의 힘이라면 감시자들과 싸우는 동안 그들은 왜 이 힘을 회수하지 않는 거지? 그들의 힘이라면 거두어 가는 것도 간단할 텐데? 그렇다면 애초에 전쟁 따위 필요 없는 것 아닌가?"

치호는 다섯 번째 필드의 상황을 빗대어 물었고 여신은

별로 어렵지 않은 질문이라는 듯 계속해서 답을 해나가기 시작했다.

"그들은 그럴 수 없습니다. 제가 그 힘을 독점적으로 사용할 수 있도록 계약을 맺었으니까요."

"계약?"

"네. 세크가 죽이지 못했던 그를 다시금 깨어나게 해주는 조건으로 이 힘을 약속받은 것입니다."

치호는 머릿속이 복잡해지기 시작했다. 여신이 무슨 소리를 하는 건지 이해를 할 수 없었기 때문이다.

"더 설명이 필요할 것 같은데?"

그 물음에 여신은 이해한다는 듯 고개를 끄덕이고는 계속해서 설명을 이어나갔다.

"제가 배신자라고도 불린다고 했지요? 이게 그 때문입니다. 세크가 그와 대적하며 비등하게 대적했지만 결국 숨통을 끊어놓지 못했죠. 오로지 그의 육신의 소멸을 끌어내는 게 고작이었습니다."

"그런 놈을 네가 다시 살렸다는 뜻인가… 왜지?"

"그자는 반드시 다시 깨어날 것이니까요. 그때는 저희에게 희망은 없습니다. 오로지 소멸만이 있을 뿐이지요. 저는 최소한 그것을 막아야만 했습니다. 그래서 그들과 계약을 한 것입니다. 그에게 제 힘으로 그의 정신을 담을 육신을 만들어 주고 다시금 정신을 깨우는 대신 힘의 일부를, 그리고 시스템에 접속해서 관리할 수 있는 권한을 받기로 말이죠."

치호는 그런 여신의 말을 곱씹었다. 그녀의 말처럼 반드시 깨어날 적이라면 오히려 그들의 편의를 봐주고 힘을 기르는 것이 현명한 처사였기 때문이다.

"하지만… 그런 절 보며 세크를 배신했다고 하는 이들도 있었죠. 제가 세크가 죽은 후부터 퀘스트를 직접 내렸으니까요. 그리고 보상도 말이죠."

"신전의 조각상 말하는 것인가?"

치호는 신전을 떠올리며 여신에게 물었고 여신은 그저 고개를 끄덕이며 말을 이었다.

"예, 전 테스터들이 강해지길 원했습니다. 그리고 강해지고 강해지다 보면 언젠가 그들에게 대적할 이가 다시금 나타날 것으로 생각했습니다. 그렇기에 세크의 죽음도 헛되이 하면서 이런 힘에 의존한 것이지요."

"그런데… 지금은 감시자들과 전쟁이라? 왜지?"

치호가 묻자 여신은 한숨을 쉬며 치호의 눈을 바라보기 시작했다. 잠시 무언가를 생각하는 듯싶더니 치호의 물음에 답을 하기 시작했다.

"그건 당신의 출현 때문입니다."

"나? 내가 왜, 내가 무슨 짓을 했다고?"

"치호 님은 모르겠지만, 치호 님께서 이곳에 오신 후 필드는 급변하기 시작했습니다. 그간 조용히 계약을 지키던 감시자들 또한 움직이기 시작한 것도 치호 님이 나타나고 나서부터였죠."

"나를?"

치호는 미간을 좁히며 여신의 말을 이해해 보려 노력했지만 도무지 알 수가 없었다. 애초에 생각해 낼 수 있는 정보가 많지 않기 때문이었다.

그런 치호의 표정을 보고는 여신은 다른 이름을 하나 꺼내기 시작했다.

"클레이… 클레이를 기억하십니까?"

"클레이?"

"치호, 클레이라면… 내가 아는 그 클레이를 말하는 건가?"

과거 치호가 처음 필드에 도착했을 때 안내자로 등장했고 몇 마디 나누기도 전에 치호의 목을 벤 녀석이었다. 그 자리에 대진 역시 있었기에 기억하고 있었다.

하지만 여신의 입에서 그런 케케묵은 녀석의 이름이 나올 줄 몰랐기에 그저 의혹만 커질 뿐이었다.

"클레이가 당신을 공격했죠. 그 모든 걸 감시자들이 보고 있었습니다. 그리고 치호 님에게도 일어난 변화도 말입니다."

"모든 걸 봤다… 이 말인가?"

모든 걸 봤다는 것은 치호가 죽음에서 부활하는 그것을 말하는 게 틀림없었다. 여신은 치호의 물음에 담담히 고개를 끄덕였다.

"그렇습니다. 그리고 그들은 클레이를 통해 당신을 시험했죠. 당신이 자격이 있는 자인지, 정말 그들이 예상하고 있는 존재가 맞는지 말입니다."

"날 시험해? 감히?"

치호는 자신을 시험한다는 말에 순간 짜증이 치밀어 오르는 것 같았지만 분노를 갈무리하고 다시금 물었다.

"그래서 어떤 식으로 날 시험한 거지?"

"그건… 아시고 계실 겁니다. 클레이가 신전을 습격하던 때를… 그리고 그 힘을 어디서 얻었는지."

"신의 피?"

"치호, 아니야. 분명 퀘스트였어. 퀘스트를 해결하러 간다고 했고 거기서 신의 피를 발견한 거야. 순서를 잊어선 안 돼."

대진의 말에 치호 역시 고개를 끄덕였고 잠시 생각을 정리했다. 그러자 답은 별로 어렵지 않게 떠올랐다.

"그렇다면 그 퀘스트를… 감시자가 주고 일부러 힘을 주었단 뜻인가? 고작 날 시험하기 위해?"

"네, 맞습니다. 신의 피를 통해 힘을 주고 그 힘을 감당할 수 있는 자인지 시험하고 싶었을 것입니다."

여신의 말에 대진 역시 고개를 끄덕였다. 클레이가 퀘스트를 시작할 당시 대진은 클레이와 함께하는 중이었기에 정확을 기억하는 것이다. 분명 전조도 없이 퀘스트를 얻었다는 둥 했기에 당시에도 이상하게 생각했던 부분이었는데 그것이 감시자와 연관이 되어 있던 것이다.

"치호 님은 쉽게 감시자들의 테스트를 통과해 버렸죠. 기묘한 힘을 사용해서요. 그리고 그 순간 감시자들의 움직임도 바뀌었습니다. 더 이상 제가 필요 없었을 테니까요."

"정확히 의미를 모르겠군."

"아까 말씀드렸지요? 제가 제 힘으로 그에게 육신을 만들어 주었다구요? 그 때문에 저와의 계약을 계속 지키고 있던 것입니다. 제가 살아 있어야 계속해서 그의 정신을 담을 수 있는 그릇, 육신이 유지될 수 있을 테니까요."

"그 말은……."

"네, 당신을 보고 깨달은 겁니다. 제가 필요 없어졌다는 사실을 말입니다. 귀찮은 테스터들에게 힘을 나누어 줄 필요도 없고 필드 자체를 깨끗하게 청소하고 그들의 입맛대로 다시금 재창조할 기회가 생긴 겁니다."

"……."

치호는 여신이 하는 말에 어처구니가 없어 말을 잇지 못했다. 하지만 여신의 말은 치호의 생각에 쐐기라도 박듯이 무정하게 이야기를 이었다.

"맞습니다. 그들은 당신의 육체를 원하고 있습니다. 당신의 육체라면 그의 정신을 온전히 담을 수 있을뿐더러 과거 세크와 전투를 벌이던 당시보다 더욱 완벽해질 수 있을 테니까요."

"하… 내 육신을 원하고 있다? 건방지군, 건방져."

치호는 대충 일의 전말을 전해 들었지만 변하는 건 없었다. 오히려 녀석들을 쳐죽여야 할 이유가 하나 더 늘었을 뿐이었다.

"그래서… 그놈들은 지금 어디에 있지?"

치호는 자신을 우습게 보는 녀석들에 대해 분노가 치밀어 올랐지만 자신을 억누르고 차분히 여신에게 물었다.

『불사의 테스터』 9권에 계속…

초대형 24시 만화방

신간 100%, 샤워실, 흡연실, 수면실(침대석), 커플석, 세탁기 완비

▪ 시흥 정왕25시점 ▪

경기 시흥시 정왕동 1742-13 미스터피자 건물 5층
031) 319-5629

▪ 강북 노원역점 ▪

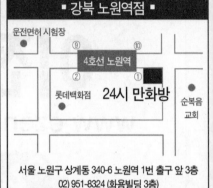

서울 노원구 상계동 340-6 노원역 1번 출구 앞 3층
02) 951-8324 (화용빌딩 3층)

▪ 일산 정발산역점 ▪

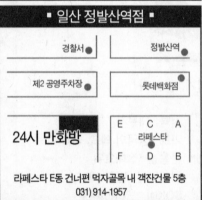

라페스타 E동 건너편 먹자골목 내 객잔건물 5층
031) 914-1957

▪ 일산 화정역점 ▪

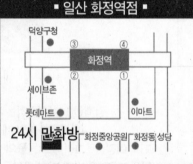

경기도 고양시 덕양구 화정동 984번지 서일빌딩 7층
031) 979-4874 (서일사우나 건물 7층)

▪ 부천 역곡역점 ▪

역곡남부역 기업은행 건물 3층
032) 665-5525

▪ 부평역점 ▪

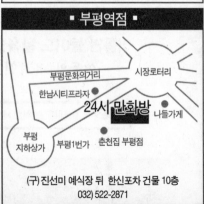

(구)진선미 예식장 뒤 한신포차 건물 10층
032) 522-2871